いいえ。欲しいのは家族からの愛情だけなので、あなたのそれはいりません。

桜井ゆきな

目次

いいえ、
欲しいのは家族からの
愛情だけなので、
あなたの
それは
いりません
ソフィラ
伯爵令嬢。小さなころから「赤い瞳をもつ」だけで
母親から虐げられ、双子の兄や姉だけが
家族として認められる日々を過ごす。
十六歳のとき「ミラー」というスキルを授かり、
それでも家族のために自分をしまっていたが、
ある出来事をきっかけにスキルを使用する。

CHARACTERS

iie, hoshiinoha kazoku kara no aijo dakenanode, anata no sore ha irimasen.

スタンリー伯爵夫人

ソフィラの実の母親。
子爵家の末っ子で贅沢三昧で
育ったため自己中心的。
男児であるジャレットのみを可愛がり、
ソフィラを虐げる。

ジャレット

ソフィラの双子の兄。
自己愛が強く、
母親に虐げられているソフィラには
表面だけ優しい言葉をかけ
決して助けようとはしない。

レオナルド

ソフィラの夫。
事故で両親を失い弱冠22才で
公爵家の当主を務める。
妹のレインともに顔に傷があるという理由で
揶揄されてきた。

ローズ

ソフィラの姉。ソフィラのように
母親から虐待こそなかったが、
愛を受けずに育った。
癒しのスキルをもち、
ルーカスの元に嫁ぐ。

第1話　伯爵家での十六年間～ソフィラ～

「その赤い瞳を私に向けないで！」

その言葉は、私がスタンリー伯爵家で過ごした十六年間で最も多く投げつけられた言葉だった。

私の過ごした十六年間を、事実だけ抜粋して語ったのならば、それはもしかしたら誰かからは『可哀想に』と言われるようなものなのかもしれない。

私は、生まれた時からずっとメイドのマリーと一緒に使用人部屋で暮らしていて、それを当然のことだと思っていた。

だから私は、両親や双子の兄の顔を見たことさえなかった。

そんな生活だったけど、十歳になったその年にスキル判定を受けた。

この国では、貴族・平民にかかわらず国民全員がスキル判定を受ける義務があるのだとマリーが教えてくれた。私の知っていることは、全部マリーが教えてくれたことだけだった。

マリーは私に、『スキルはひとりにひとつ必ず授かりそのスキルによっては将来をも左右する大事なもの』だということも教えてくれた。

私が授かったスキルは、『ミラー』だった。

これは過去には誰も授かったことのない、この世界で唯一のスキルとのことだった。

スキル判定を受けてから数日後、私は自分の母親であるスタンリー伯爵夫人に呼びだされた。そんなことは生まれて初めてのことだった。それが初対面なのにもかかわらず、夫人は私が部屋に入った瞬間から私をひどく睨《にら》みつけていた。

それは憎しみなのか、あるいは恐怖を隠すためとも思えるような、必死の形相だった。

「その赤い瞳を私に向けないで！」

それが、私が自分の母親だという人物から生まれて初めてかけられた言葉だった。

「よりにもよってお前が貴重なスキルを授かるだなんて！　でもどうせお前なんかが授かる程度のスキルなんて、碌《ろく》でもないに違いないわ。それでも！　この屋敷でたった一度でもスキルを使うことは許さないから！　いい？　どんなスキルか確認することも含めてこの屋敷では、スキルを絶対に使わないでちょうだい！　これは命令よ！」

いきなりのそのあまりの激高《げきこう》ぶりに驚いて、私は思わず夫人を見つめた。

「だから！　その赤い瞳を私に向けないでよ！」

ほんの少し目が合っただけなのに、ヒステリックに叫ばれた。

「スキル判定のせいで、忌々《いまいま》しいことにお前の存在が注目されてしまったわ。仕方ないからこれからはスタンリー伯爵家の娘に相応《ふさわ》しい教育だけはしてあげる。だけど自分が爵家の一員として認められただなんて、決して自惚《うぬぼ》れないことね！」

そんな言葉を吐き捨てて、夫人は私の前から去っていった。

私の世界にはマリー達しかいなくて、それはきっととても狭い世界だったけれど、それでもその中で今まで出会った誰よりも夫人は歪《ゆが》んだ顔をしていた。

そしてその日から私の生活は一変した。

私は、マリーと一緒に住んでいた使用人部屋よりもずっと広い貴族用の客室に移された。

けれど、私に優しくしてくれていた使用人は三人共辞めさせられた。

ずっと一緒だったメイドのマリーも、美味《おい》しいご飯を作ってくれたシェフのジョンも、部屋に飾るお花をプレゼントしてくれた庭師のトムも。

食事の時は、血の繋がりのある父親・母親・姉・双子の兄と同席させられた。前にマリーが教えてくれたように、彼らは私と同じ金色の髪をしていた。だけど瞳の色が赤いのは私だけで、彼らの瞳は茶色だった。

けれど、私の前に出される食事は、時には腐っていることもあるような、とても食べられる状態のものではなかった。

第１話　伯爵家での十六年間～ソフィラ～

淑女教育を受けさせられた。

けれど、家庭教師の先生は私に何も教えてくれることはなかった。いつもただ私の全身を鞭《むち》で打つだけだった。

子爵家嫡男《ちゃくなん》と婚約させられた。

けれど、私が十六歳になる年に、彼は私との婚約を解消して姉の婚約者になった。

母親は、私を虐《しいた》げた。

父親は、私の存在を無視した。

姉は、誰かがいる前でいつも私を罵《ののし》った。

双子の兄は、こっそりと私に『僕だけはソフィラの味方だよ』と言った。


十六歳になった年に、私の結婚が決まった。

子爵家嫡男の元婚約者との婚約を解消してから婚約者のいなかった私の結婚相手は、事故で両親を失い二十二歳という若さで公爵家の当主を務めているレオナルド・ブラウン様だった。

「ブラウン兄妹には事故で負った醜い傷痕が顔にあるんだって！　根暗なソフィラにはピッタリな相手よね。あはははは っ」

私にいつも嫌がらせをするメイドのララが、いつものように厭《いや》らしい顔で笑っていた。

スタンリー伯爵家を出る日、私には手荷物のひとつも用意されなかった。私が何かひとつでも屋敷の外へ持ち出すことを、夫人が許さなかったのだ。

一日で質が悪いと分かる服を着て、何ひとつ持参することなく、私は公爵家へ向かわされることになった。

「その赤い瞳をもう二度と見なくて済むだなんて。今日は最高の日だわ」

エントランスには使用人も含むスタンリー伯爵家の全員が揃《そろ》っていて、夫人はいつも通りの歪んだ顔で笑っていた。

私は初めて夫人からの命令を破って、その場にいる全員に向かってスキルを使った。

「ミラー」

この屋敷では、一度も使うことを許されなかったそのスキルを。

第2話　私の大切なお嬢様～使用人マリー～

私は、『メイド』という自分の仕事に信念を持っております。

そして素晴らしいお嬢様達に仕えることの出来た自分は、とても恵まれていると思っているのです。

「どうして私は家族と会えないの？」

まだ五歳であるソフィラお嬢様が、宝石のように美しい赤い瞳を向けて聞いてきた時には胸が潰れそうでした。


ただ瞳が赤かっただけ。


こんなに可愛《かわい》くて素直なソフィラお嬢様が、たったそれだけの理由で実の母親から疎《うと》まれているだなんて、私には到底許せることではありませんでした。

「時が来たら、きっとご家族と会えますよ」

私には、そう言ってソフィラお嬢様に笑いかけることしか出来ませんでした。

私がスタンリー伯爵家で働き始めた時、伯爵夫人である奥様は第一子を妊娠しておられました。姑《しゅうとめ》である大奥様との仲は決して良いとは言えないようでしたが、それでも日々膨らんでいくお腹《なか》を撫《な》でて、とても幸せそうに微笑《ほほえ》んでおられました。

そしてローズお嬢様がお産まれになりました。

しかし奥様がローズお嬢様の誕生をお喜びになったのは、束の間だけでした。

「ローズは女の子だから、自分ではスタンリー伯爵家を継げないわ。今後のことは、どう考えているの？　スタンリー伯爵家の血を守ることが、伯爵夫人である貴女《あなた》の最大の仕事なのよ」

大奥様にそう問われる度に、奥様は悔しそうに顔を歪めておりました。

そんな奥様は『次こそは跡取りとなる男の子を産まなければ』と必死でしたが、なかなか第二子を授かることは出来ませんでした。

そしてローズお嬢様が三歳になった頃、大奥様が病でお倒れになりました。

奥様は、今までの恨みを晴らすかのように大奥様を使用人部屋に追いやって、メイドも必要最低限しか、いえ最低限すらもつけることをしませんでした。

そんな環境の影響も多分にあったと思います。病になられてしばらくすると、大奥様は儚《はかな》くなってしまわれました。

その知らせを聞いた奥様の歪んだ笑顔。あの歪んだ笑顔を見た時には、恐ろしくて震えが止まりませんでした。

そして大奥様が儚くなってすぐに奥様は妊娠しました。妊娠中の奥様は、ローズお嬢様がお腹にいた時のような幸せそうな笑顔を浮かべて、前回よりも大きなお腹をさすっておられました。


そうして産まれてきたのは、双子の男女でした。ついに男の子が産まれたと聞いた時の奥様は、涙を流して喜びました。

しかしその喜びも一瞬で、ソフィラお嬢様の赤い瞳を見た瞬間、奥様は悲鳴をあげて気絶しました。

この国では赤い瞳はとても珍しく、私の知る限りではこの国に赤い瞳は、亡くなった大奥様しかおられませんでした。不憫《ふびん》なソフィラお嬢様を見る度に『せめて赤い瞳がそれほど珍しくない他国で生まれていたのなら』と何度思ったか分かりません。

「どうして？　なんで赤い瞳が産まれるの？　嫌だわ。信じられない。あんな赤い瞳。愛せるはずがないじゃない」

奥様が真っ青な顔をして、ぶつぶつ呟《つぶや》いていたと使用人仲間から聞かされた時には、耳を疑いました。今でも私には奥様が正気なのか分かりません。

『姑と同じ赤い瞳を持って生まれてきた』というだけで自分が産んだ子どもを愛せないなどと、私にはとても信じられませんでした。それにったそれだけの理由で自分の産んだ子どもを虐待するだなんて、そんなことはとても正気の沙汰とは思えませんでした。

そんな奥様はソフィラお嬢様を無き者として扱いましたので、ソフィラお嬢様のための予算などは一切ございませんでした。

そのためソフィラお嬢様は、私達使用人がかき集めた平民同然の服を着て、食事も私達と同じ質素なものを召し上がっておられました。

それでもいつも笑顔で、自分の境遇に不満など言うこともなく、すくすくと成長してくださいました。


あの運命のスキル判定の日も、初めてお屋敷の外に出られると無邪気に喜んでおられました。王宮に向かう辻馬車《つじばしゃ》の中でさえ、ソフィラお嬢様はとても楽しそうにニコニコと私に話しかけてくださいました。

馬車から降りて王宮の門から会場となる離宮までの間には、自由に休憩が出来るような場所もいくつかございました。

「マリー。外の世界はこんなに広くて明るいんだね。すごいね！　ねぇ、ちょっとだけこの緑の中をお散歩しても良い？」

ソフィラお嬢様には、ずっと自由がありませんでした。奥様の目に触れないように、自由にお屋敷の中を歩きまわることさえ許されていなかったのです。

双子の兄であるジャレット様を乗せたスタンリー伯爵家の馬車はまだ到着していないので、ソフィラお嬢様が寄り道をしていたと奥様に告げ口をされることもないでしょう。私とソフィラお嬢様は、ほんの一時の自由を楽しみました。

「とっても楽しい！」

太陽の光を浴びて外を自由に歩けるだけでこの上なく幸せそうに笑うソフィラお嬢様が、私は不憫でなりませんでした。

私がジャレット様の到着確認のために門の様子を窺《うかが》って戻ってくると、ソフィラお嬢様はご兄妹だと思われるふたり組と楽しそうにお話をされていました。

ずっとお屋敷に閉じ込められていたソフィラお嬢様にとって初めてのご友人です。私は嬉《うれ》しい気持ちで楽しそうなソフィラお嬢様達を眺めておりました。

ジャレット様が到着するまでの短い時間ではございましたが、ソフィラ様の心からの笑顔を見ることが出来て、私もとても幸せな気持ちになりました。

「私のせいでごめんなさい。マリーもジョンもトムも私のせいで辞めさせられちゃう。私に優しくしたせいで。ごめんなさい。ごめんなさい。ごめんなさい」
スキル判定の結果を知った奥様は、それまで放置していたソフィラお嬢様を虐げるようにな
りました。
冷遇していたソフィラお嬢様が、世界で唯一のスキルを授かったことが許せなかったのだと
思います。
ローズお嬢様は珍しい『癒し』のスキルですが、世界で唯一のものではありませんでした。
そして何よりも、奥様が誰よりも愛してやまない跡取りであるジャレット様のスキルは、凡《ぼん》
庸《よう》な『経営』だったのですから。

『ソフィラと親しくする使用人は解雇する』と奥様が宣言した日、ソフィラお嬢様は私が今ま
で見たこともないほどに、それはそれは嘆き悲しんでくださいました。
私達を辞めさせないでほしいと、いつも酷い仕打ちをされている奥様に直訴までしてくださ
いました。そのせいで私のところにいらっしゃったソフィラお嬢様の頬には、見るも痛ましい
赤い腫れが残っておりました。
「ソフィラお嬢様。私達は大丈夫です。だからどうか心配しないでください。必ずいつかまた
ソフィラお嬢様にお仕え出来る日がきます。だからどうか私達の心配よりも、ご自身のために
生きてください。必ずまた会えるその日まで、どうかお元気で」

私はお屋敷を去る前の日に、奥様の目を盗んでソフィラお嬢様に挨拶をしました。

ソフィラお嬢様はとても悲しい、私が今まで見た中で一番悲しそうな顔をしておられました。

そんなソフィラお嬢様を見て、私の胸は締め付けられたように苦しくなりました。

ですが、ソフィラお嬢様。私の言葉に嘘《うそ》はありません。必死の強がりでもありません。

ソフィラお嬢様を愛する私達三人の使用人は、いつかまた必ずソフィラお嬢様にお仕えします。

それでもソフィラお嬢様はこれから結婚までの数年間を、私達のいなくなったこのスタンリー伯爵家で過ごさなくてはいけません。

スタンリー伯爵家を追い出された今の私にはソフィラお嬢様のために出来ることは、悔しいですが何もありません。

ですからせめて私は、これから毎日ソフィラお嬢様の幸せをお祈りします。

神様。どうか心優しきソフィラお嬢様が、私達のことでこれ以上悲しむことがありませんように。

ソフィラお嬢様が、ルーカス子爵令息に嫁がれるその日まで、私は毎日ソフィラお嬢様の幸せをお祈りします。

神様。どうかソフィラお嬢様が、婚約者であるルーカス子爵令息に愛されて、幸せになれますように。

第3話　歪んだ優越感～双子の兄ジャレット～

もしも誰かに『双子の妹であるソフィラをどう思っているか？』と問われたのなら、僕は笑顔と共にこう答えるだろう。

『かけがえのない大切な存在だ』と。

だけどそれは外面的な言い訳に過ぎなくて。

十歳のスキル判定のあの日から僕の心の底には、ソフィラへの嫉妬なのか、優越感なのか、憎しみなのか。それらの複雑で醜い感情が渦巻いていた。


僕は、ママからの惜しみ無い愛情を注がれて育ったと自信を持って言える。

「ジャレット。私の天使。ママはね、スタンリー伯爵家の後継者である貴方《あなた》だけを愛しているわ」

僕は、ママから愛されていた。姉のローズよりも。ましてや双子の妹なんかよりもずっと。

なぜママは、双子なのに僕だけを愛して妹を憎んだのか。ふとその理由を考えたこともあった。

だけど考えてもその理由なんて分からなかったし、正直どうでも良かったんだと思う。

だって僕は、『愛されている方』だったんだから。

僕さえママから愛されていればそれで良かった。愛されていない方である妹が、どんな扱いを受けているかだなんてどうでも良かった。

だからソフィラに会いたいだなんて思ったこともなかった。愛されている僕は、自分とは違う世界で惨めに生きている妹のことなんて、どうでも良かった。だからソフィラと初めて会ったあの日まで、双子の妹であるソフィラの存在を思い出すことさえもなかった。

「義務だからアレにもスキル判定を受けさせるけど、ジャレットが気にかける必要なんてないわ。ママは貴方が素晴らしいスキルを授かることだけを祈っているわね」

十歳になった僕がスキル判定を受けるその日に、ママは聖母のような優しい顔をしてそう言った。ママに言われた通り、いや、きっとママに言われなくても、僕はソフィラのことなんて気にもかけなかった。

そもそも僕は、双子の妹であるはずのソフィラの顔さえも知らないのだから。

馬車だって当然別々だった。僕には当然のようにスタンリー伯爵家の家紋付きの馬車が用意されていた。だけどソフィラは、僕達よりずっと早く出発して辻馬車に乗ったらしい。そのことを使用人であるララが面白おかしく話していたけれど、僕は興味がなかった。

『ママに愛されていないんだから仕方ないんだろうな』と心の中で、ただそう思っただけだった。

「ジャレット・スタンリー伯爵令息のスキルは、『経営』です」

スキル判定の結果は、その場で放送されて会場中に周知される。

ちっ。僕にはその結果がたまらなく不満だった。

なぜなら『経営』は、領主になるには役立つがよくある凡庸なスキルだからだ。ママから愛されている僕に相応しい希少なスキルでなかったことに内心で舌打ちをした。イラついた気分でいつものように付き添いの使用人にあたろうとした時、会場がざわめいた。

「ブラウン公爵の妹であるレイン嬢のスキルは、『夢』です」

なんだ？　それは。『夢』だなんてスキルは、聞いたことがなかった。

まさか世界で唯一のスキルが出たのか？　それもあんな傷物女に？　なんでだ？　なんで僕ではなく、あんな傷物女に希少なスキルが。それだけでもたまらなくイラついたのに、更に僕を驚愕《きょうがく》させる声が響いた。


「ソフィラ・スタンリー伯爵令嬢のスキルは、『ミラー』です」

はっ？　なんだって？　ミラー？　なんだ、それは。そんなスキルも聞いたことがない。まさかこれも世界で唯一のスキルなのか？　今までになかったスキルが出ることすら異様なのに、同じ年にふたつも新しいスキルが出るだなんてそんなことは未だかつてなかったはずだ。

しかもまさかそのうちのひとつを出したのが、僕の双子の妹だなんて。

僕にはにわかには信じられなかった。いや、信じたくなかった。信じがたい気持ちで、僕はソフィラに目を向けた。

この時、僕は生まれて初めて双子の妹であるソフィラの顔を見た。

きっとソフィラのスキルが唯一のものでなかったのなら、僕がソフィラに目を向けることは一生なかったかもしれない。

顔だけは、確かに僕と似ているのかもしれない。

だけどその特徴的な赤い瞳のせいで、茶色い瞳の僕とは受ける印象が全く違うものになっていた。

そして着ている服は、まるで使用人のお下がりのような安っぽいものだった。『スタンリー伯爵家の恥』、そんな言葉が自然と頭に思い浮かぶような、ソフィラはそんな身なりをしていた。

そんなみすぼらしいソフィラを見て、僕の自尊心は満たされた。

たとえどんなに希少なスキルがあったところで、ママから愛されている僕の方がソフィラよりずっと価値がある人間だということに変わりはない。

そのことに気づいて僕が胸をなでおろした時、周りの大人達の囁《ささや》き声が聞こえてきた。その内容に、僕は体を強張らせた。

「スタンリー伯爵家に次女なんていたのか？　あの瞳の色は確かに前伯爵夫人と同じ色だが……」

「次女の話なんて聞いたことがないわ。それにスタンリー家の馬車から降りてきたのは長男であるジャレット様だけだったわよ」

「あの服……。とても伯爵令嬢が着るようなものではないわ」

まずい。ソフィラのスキルが希少だったせいで、その存在がとても注目されてしまっている。

ママはまさかソフィラが注目されるだなんて想像もしていなかったからか、公の場でもソフィラを取り繕《つくろ》うことをしていなかった。ソフィラは、スタンリー伯爵家で過ごしているのと何ら変わりのない装いで来ていた。

普段通りのソフィラの身に着けているそのすべては、とても伯爵令嬢らしいとは言えないものだった。

スタンリー伯爵家では当然のその光景は、だけど貴族達の集まるこの会場では異様なものになってしまっていた。そのせいで双子の兄である僕まで周りの好奇の目に晒《さら》されてしまっている。

同じ伯爵家で過ごしているはずなのに、一目で分かるほどの僕とソフィラの待遇の差。

それなのに平凡なスキルしかない僕と、未曽有《みぞう》のスキルを持つソフィラ。

僕の人生の中で、こんなに屈辱的なことは、今まで一度だってなかった。

僕は、そのまま逃げるように会場を後にした。

そしてこの日から僕は、僕にこんな屈辱を与えたソフィラに対して、仄暗《ほのぐら》い憎しみを抱くようになった。


スキル判定の結果を知って激高したママの命令で、あの日からソフィラは僕らの家族になった。といっても、ただ同じテーブルで食事をしたり、ソフィラにもマナーを学ばせるようになっただけだ。むしろママは、それまではただ無視していただけのソフィラを酷く虐げるようになった。

「マリーとトムとジョンは解雇するわ。ソフィラと親しくする使用人は、全員同じ目にあわせるから覚悟することね」

そんな生活が始まってからしばらくした頃、マリー達がソフィラを大切にしていることを知ったママは、見せしめのように使用人を全員集めた場所でそう宣言した。

「お願い！　マリー達を辞めさせないで、です。私をいじめるのは、好きにしていいから。でもマリー達に意地悪はしないで、です。お願い、です」

信じられないことにソフィラは、教養を全く感じさせない拙《つたな》い言葉でママに懇願した。

なんだ？　あれは？　十歳にもなって敬語すら使えないのか？　情けない。あんなのが双子の妹だなんて恥ずかしい。

あまつさえソフィラは、使用人達も見ている全員の前で土下座までした。そんなソフィラの様子を見たママは、なぜかとても嬉しそうだった。

「たかが土下座くらいで、私がお前の願いなんて、聞くはずがないでしょう？」

わざとゆっくりと言ったママの言葉に、土下座したままソフィラは絶望で顔を真っ青にした。

そんなソフィラを見るママの笑顔は、僕がどんなにママを愛していても、それですら庇《かば》いきれないほどに……歪んでいた。


「お願い。マリー達が辞めなくて良いように、ジャレットお兄ちゃんからも夫人にお願いしてほしいの」

その日の夜になぜか頬を赤く腫らしたソフィラが、こっそりと僕に話しかけてきた。

ソフィラが自分から僕に話しかけたのはこの時が初めてだった。

それまでは、他に誰もいないところで僕がこっそりとソフィラに『僕だけはソフィラの味方だよ』と話しかけていただけだったから。

だからソフィラが自ら僕に話しかけたのはこの時が初めて……いや、これ以降ソフィラから話しかけられたことはないから、最初で最後だったのかもしれない。

そして思い返せば、僕がソフィラから『お兄ちゃん』と呼ばれたのも、この時だけだった。

それなのに。双子の妹の懇願を、『面倒くさいな』。その時の僕は、ただそう思った。

だから僕は、顔だけは申し訳なさそうに繕ってソフィラに告げた。

「ごめんね。僕にはソフィラを助けてあげられるような力はないんだ」

本当は、僕がママにお願いすればママは考え直してくれるだろうけど。ママは僕の話ならきっと聞いてくれるけど。僕にはソフィラにはない力があるけど。

そうだ、僕にはソフィラを助ける力があった。

だけどこの時の僕には、ただ『面倒くさい』と思っていた僕には、心のどこかでソフィラに対して仄暗い憎しみを抱えていた僕には、ソフィラを助けるという選択肢はなかった。

ソフィラは、その赤い瞳をまっすぐに僕に向けて、だけど諦めたように悲しそうに瞳を伏せた。

力なく去っていく妹の後ろ姿を見て、だけど僕は何も感じなかった。


だからもちろんママが考えを改めることなんてなく、マリー達は追い出されるように屋敷から出ていった。

その日、唯一の味方達を失った可哀想なソフィラに、僕はこっそりと声をかけた。

「ソフィラ。マリー達のことは残念だったね。僕に力がなくて助けてあげられなくてごめん。でも安心して。僕がいるよ。僕だけはいつだってソフィラの味方だからね」

あぁ。信頼していた使用人も無くして正真正銘のひとりぼっちになってしまったソフィラに優しくしてあげる僕は、なんて慈悲深い人間なんだろう。

ねぇ？　ソフィラ。これからの君は、僕だけを心の支えにしていればいいんだよ。僕が君を助けてあげることはないけれど、優しい言葉ならいつだってかけてあげるからね。

そうだ。ずっとそうだった。ソフィラに優しい言葉をかけている時だけは、優越感が僕を満たしてくれていたんだ。

それからもママは、ソフィラを傷つけるためなら何でもした。

使用人や家庭教師にも、ソフィラに嫌がらせをした分だけ褒美を与えていた。

姉のローズだってソフィラをいたぶっていた。ソフィラの食事をわざと床に落として、『貴女にはこれで十分よ』と言って自分のパンを投げつけ、いつだって自分の食べ残しを食べさせていた。

ソフィラの婚約者は冴《さ》えない子爵令息に過ぎなかった。だからこそママはローズではなくソフィラの婚約者にしたのだろうけど。だけどローズはそれすらも許さなかった。

「貴女が子爵夫人だなんて分不相応よ。その地位は私が貰《もら》うわ。彼も、陰気な貴女なんかよりも私の方がよっぽど良いと言ってくれているの」

ローズはソフィアを嘲笑いながら、家族や使用人がいる前で宣言した。

父は今まで見たことがないほどに渋い顔をしていたけれど、ママはやはりソフィラが今以上に不幸になることが嬉しかったのだろう。嬉々《きき》として婚約者変更の手続きをしていた。

可哀想なソフィラ。この屋敷に、いや、この世界に誰も味方のいないソフィラ。

そんな惨めなソフィラに僕だけは優しい言葉をかけてあげた。誰にも見られないように、いつだってこっそりと。

「大丈夫だよ。僕だけはソフィラの味方だからね」

それはきっと孤独なソフィラの心に沁みただろう。

ねぇ？　ソフィラ。君には僕しかいないんだよ。絶望にも似た苦しみの中で、君は僕だけを信じて心の支えにしていれば良いんだよ。

あぁ。だけど僕は、決して君をこの境遇から救うことはしないんだけどね。それでも僕という希望は、今の君には必要だろう？

だからどうか、そのスキルを活かそうなんて決して考えないでね。世界で唯一のスキルなんて、ソフィラにはもったいないから。

君はそのまま、いつだって無価値なままのソフィラでいればいいんだよ。

僕のこの心を、ソフィラへの優越感で満たすために。僕のソフィラへの憎しみは、あの日の屈辱は、この優越感で晴れるから。この優越感でしか晴らすことは出来ないから。

だからソフィラはいつまでも無価値なままでいてほしい。そう願っていたのに。

それなのに。

「ミラー」

スタンリー伯爵家を出るその日に、ソフィラは初めてそのスキルを使った。

どうしてだ？　どうしてソフィラにスキルを使うことが出来るんだ？　ママはソフィラにこの屋敷でスキルを使うことを許さなかったじゃないか。だからソフィラには、そのスキルがどんなものか試すことさえ出来なかったはずだ。それなのになぜソフィラは、当たり前のようにその世界で唯一のスキルを使えたんだ？　ソフィラはためらっていなかった。ためらいなく、自分の家族に向けてそのスキルを放った。放ってしまった。

ソフィラのそのスキルで、僕は、僕達は、スタンリー伯爵家は、その未来は。

――すべて変わった。

第4話　今まで自分がしたことが自分に返ってくるの～使用人ララ～

「なんでアタシが、ソフィラなんかに付き添わなくちゃなんないの？」

ブラウン公爵家に向かう馬車の中で、アタシが盛大にため息を吐いて見せても、ソフィラはいつも通り何も言い返さなかった。

伯爵令嬢が身ひとつで嫁ぎ先へ向かうなんて平民のアタシにだって分かるくらい非常識なことのハズなのに、ソフィラには不安や焦燥なんかちっともなさそうだった。

「なんか言えば？　ったく。陰気臭いんだから」

いつも通り無表情のソフィラに、アタシはいつも通り舌打ちした。


もうとっくに死んじゃったけど、勤め先のスタンリー伯爵家の大奥様のことが、アタシは大っ嫌いだった。

「スタンリー伯爵家の使用人として、信念を持って自分に恥じない仕事をしなさい」

だって大奥様は定期的に使用人を集めてそんなことを言って、頑張っている使用人を褒めたりしていたから。うげー。嫌だ嫌だ。アタシはラクできればそれでいいもん。お給料が同じならラクな方が絶対お得！　自分勝手な信念なんて押し付けないでよね！

奥様は、大奥様が元気な頃はずっとメソメソしくしくしてた。

何が悲しいのかよく分かんないし、泣くなら自分の部屋で泣けばいいのに。誰かに見てほしいのかってくらいわざとらしく、必ず誰かの目に留まるような場所でいつもメソメソしてて、うざったかった。

そのくせ大奥様が病気になったら、コロッと元気になって外国の商人を自室に呼んで買い物をしまくってて、『怖ぁ』って思った。

生まれてからずっと無視してたソフィラのことだって、ある日突然、親の仇《かたき》かってくらいにイジメだしたし。いやいや、アンタの子でしょ？『やっぱ怖ぁ』って思ったけど、ソフィラさえイジメてれば奥様は機嫌が良かった。

大奥様から信念みたいなよく分かんないものを求められるよりは、ずっとラクだった。

それに平民のアタシがお貴族サマをイジメてお給料が貰えるってどんな天国？　って、思わず笑っちゃったよね。

アタシがしたソフィラへのイジメの武勇伝（笑）を並べると、暗い倉庫に閉じ込めた。真冬に水風呂に浸からせた。ジョンの後任のシェフと一緒になって、ソフィラの料理にだけ泥を混ぜた。ってとこかな？

いやいや、こんなこと嬉々としてやってるアタシも大概だけど、これやらせてるの実の母親だからね（笑）。マジでお貴族サマの考えてることは、アタシには理解不能だわー。

でもソフィラが嫁いじゃったら、もうイジメらんなくてつまんない。それにソフィラをイジメる以外で、どうやったら奥様の機嫌が良くなるのかまた探らなきゃだからなぁ。

もしかしてローズ様が、次の標的になったりして（笑）。

とにかくソフィラをイジメられるのは、今日が最後だからいっぱいイジメとかないとね。

「ねぇ！　さっきお屋敷で言っていた『ミラー』って何？　呪いか何か？　やばっ。ウケるー。ソフィラってば、この結婚が嫌すぎてついに頭おかしくなったんじゃない？」

プークスクスと笑うアタシに、ソフィラが初めて言葉を返した。


「ミラーは鏡。今まで自分がしたことが自分に返ってくるの」


今まで何を言ったって、どんなにイジメたって、辛い顔はしてても言い返してくることなんて一回もなかったくせに。

しかも顔はいつも通りに無表情なのに、まっすぐにアタシを見つめてきた。そうそう、ソフィラの目って赤いんだよね。そんなの大奥様くらいでしか見たことないから一瞬ビビるけど、別に怖くはないよねー。なんで奥様はソフィラの赤い目を異常なほど意識してんだろ？　うわっ！　危なっ。思わずそんなことを考えちゃったけど、こんなこと考えてるって奥様にバレたら、アタシも首になっちゃうから気をつけなきゃ。

「はぁっ？　何それ？　自分がしたことが自分に？　そんなことアンタにできるはずが……」

とりあえずソフィラをイジメとかなきゃ！と、アタシが話してる途中で、馬車はブラウン公爵家に着いちゃった。

初めて見るブラウン公爵家は、アタシが思ってたよりもずっとずぅっと立派だった。

えぇっ？　嘘でしょ？　ソフィラのくせにこれからこんな良いとこで暮らすの？　スタンリー伯爵家なんかよりもずっと豪華じゃない！


「「「ソフィラお嬢様っ‼」」」

悔しがってるアタシを無視して、大きな声が聞こえた。イラっとして、アタシは思わず声の方を睨みつけた。

そしたら信じらんないことに、そこには何年も前にスタンリー伯爵家を首になった奴らがいた。

なんで？　コイツらは奥様に首にされてどっかでのたれ死んでるはずでしょ？　なのになんでコイツらが、こんないいとこで働いてんのよ‼

「マリー！　トム！　ジョン！」

そしてソフィラは今まで見せたこともないような嬉しそうな顔をして、アイツらに駆け寄った。

だけどソフィラは、アタシみたいには驚いてなかった。まるで最初からこいつらがここにいることを知っていたみたいに。

はぁ？　何が起こってんの？　ソフィラは不幸になるために嫁いだんでしょ？　それが奥様からの最後にして最大の嫌がらせのはずでしょ？　なのにどうしてソフィラは、スタンリー伯爵家では一度も見せたことのないような顔で笑ってんの？

「ソフィラ様を無事に送ってくださりありがとうございます。それでは、お引き取りください」

呆然《ぼうぜん》と突っ立ってたアタシに、ブラウン公爵家の執事みたいなオジサンが話しかけてきた。言葉は丁寧だったけど、目は鋭くて冷たいの。あまりの殺気に、アタシは逃げるようにブラウン公爵家を後にした。

なんで？　なんで？　なんで？　悔しい！　悔しい！　悔しい！

奥様はソフィラを不幸にするために嫁がせたはずなのに！　あれじゃあまるで。ソフィラはまるで。まるで、まるで。幸せになるために嫁いだみたいじゃない！

ソフィラが嫁いで半年もしないうちにアタシはスタンリー伯爵家を首になった。ううん。アタシだけじゃない。ほとんどすべての使用人が一斉に首になった。

はぁ？　何それ？　だって伯爵家って、すごいんじゃないの？　すごい貴族なんでしょ？　それなのにもう使用人を雇う余裕がないなんて。そんなことってあるの？　スタンリー伯爵家に何が起こったのか、アタシには今でもよく分かっていない。

アタシより頭が良い使用人は、すぐにスタンリー伯爵家から逃げ出そうとした。

「せめて紹介状を出してって奥様にお願いすれば？」

「ララってば本当に馬鹿ね。今のスタンリー伯爵家の紹介状なんて、ない方がマシよ」

「でも紹介状がないと、ちゃんとしたお屋敷では雇ってもらえないんでしょ？」

「お屋敷ぐるみで娘を虐待してたって評判になってる家の紹介状なんて持っていったら、勤め先のお嬢様に嫌がらせをしていたことを自分から告白するようなものよ」

えぇ？　なんで？　だって虐待してたのは奥様なのに！　むしろアタシはご主人様の命令に従ってただけのとっても良い使用人でしょ？　それの何がダメなの？　そのワケが分からなかったアタシは、ローズ様が『希望者には』って書いてくれた紹介状を持って次の職場を探した。

でもどこのお屋敷もスタンリー伯爵家の紹介状を見るなり不採用にされた。いやいや、だからなんで？

苦労してやっと決まった勤め先は、新しい使用人がすぐに辞めるってことで有名な、使用人達の間で評判最悪の男爵家だった。

それでもアタシは大丈夫だって思ってた。だってあのウザくてヤバい奥様とだって上手くやってこれたんだもん。ちょっとくらい嫌なご主人様だとしても、アタシだったらきっと上手くやっていけるハズ！　奥様の時みたいに、新しいご主人様が喜ぶことを早く見つけなくっちゃね！

だけど評判最悪の男爵家は、評判以上に最悪だった。

男爵が使用人をいびっているのはまぁ仕方ないかとも思ったけど、男爵からのイビリの腹いせに昔からいる使用人が、新人の使用人をイビリ倒していた。ここではまだ新人のアタシも、もちろん標的になった。

暗い倉庫に閉じ込められた時には、怖くて大声で助けを求めながら泣いた。

真冬に無理やり水風呂に入らされた時には、あまりに寒くて悲鳴をあげた。

一緒にソフィラに嫌がらせをしてたシェフも同じお屋敷で働きだしたんだけど、賄い料理に泥が入っていた時には、ふたり揃って吐き出した。

『ミラーは鏡。今まで自分がしたことが自分に返ってくるの』

えっ？　これって何の冗談？　アタシがソフィラにしたことが、本当にアタシに返ってきた。

最後にイジメた日のソフィラの言葉通りに。

えぇっ？　ソフィラには呪いの力とかそんなのがあったの？　何それ？　そんなの聞いてな

い！　知ってたら、奥様なんかじゃなくてソフィラに媚《こ》びを売ったのに！

馬鹿なアタシは、自分が同じ目にあったら初めて分かった。

自分が同じ目にあわなかったら、分からなかった。

お貴族サマとか平民とか関係ない。暗いのは怖いし、寒いのは辛いし、お腹が空くと死にたくなる。

もしアタシがソフィラをイジメなかったら？　そしたら何か変わってた？　分かんない。分かんないけど、今アタシをイジメてる奴らは、あの時のアタシと同じように楽しそうだった。

アタシがこんなに苦しんでるのにそれを笑ってる奴らが、アタシには化け物に見えた。

そっか。ソフィラをイジメていた時のアタシも、きっと化け物だったんだ。

だってアタシだって、楽しんでソフィラをイジメてた。自分が同じことされないとそれがどんなに辛いことか考えることもしなかった。

こんな地獄みたいなとこ、本当はすぐにでも辞めたい。逃げたい。だけどここを辞めちゃうと、他に働く場所なんてきっとない。

ソフィラだって同じだった。どんなにアタシにイジメられたって逃げる場所なんてどこにもなかったんだ。

『ミラーは鏡。今まで自分がしたことが自分に返ってくるの』

だからアタシは今日も必死で思い出そうとする。

アタシは他に何した？　ソフィラにどんな酷いことをした？　あと何回？　あと何回ソフィラに酷いことした？

スタンリー伯爵家で数えきれないほどのイジメをしてしまったアタシは、自分がしたことを全部思い出すことさえできない。

そして同じことを自分がされると、やっと思い出す。

ああ。これもアタシが、過去にソフィラにしたことのある嫌がらせだって。

明日は何をされる？　もう閉じ込められない？　アタシがソフィラを閉じ込めたのは何回だった？　あと何回閉じ込められたら終わる？

怖いよ。怖いよ。だって知らなかったんだもん。自分がしていたことが、こんなに辛いことだったなんて、だって知らなかったんだもん。

今のアタシに繰り返されるイジメは、過去のアタシがソフィラにしたイジメだけ。過去のアタシがソフィラにしたことのあること以外は、不思議なことに何もされなかった。

だけど自分がソフィラにしたことのあるあれらを全部やられるだなんて、考えただけでアタシは怖くてたまらなかった。

だからアタシは今日も必死で思い出そうとする。

怖くて怖くて震えながら。それでも必死で考える。

ねえ？　アタシは他にソフィラに何をした？

第5話　力なき少女を二万回鞭で打つということ～元家庭教師ジェシカ～

「ジェシカ！　君がスタンリー伯爵家で家庭教師をしていた時に、生徒であるソフィラ様を鞭で打っていただなんて、そんなことは嘘だろう？」

息を切らしたままの夫が、帰宅してすぐに私の部屋に飛び込んできた。

愛する夫からのその問いかけに対して『そんなことは嘘よ』と答えることが、私には出来なかった。

でも、だって、そのことは、スタンリー伯爵家の外部には絶対に知られることはないはずではなかったの？

夫に知られるだなんて、だって、そんなこと、話が違うじゃない。

「ジェシカ！　どうして答えてくれないんだい？　優しい君が、まさかそんなことをするだなんて……」

「……そんな話、一体どこで聞いたの？」

思わず漏れた私の疑問に、夫は律儀に答えてくれた。

「公爵夫人となったソフィラ様がお茶会で発言したらしい。社交界で物凄い勢いで噂《うわさ》になっていると、友人が教えてくれたんだ」

まさかソフィラが？　そんなの嘘よ。だって、そうよ、ソフィラは、反抗なんてするはずのない、何の感情もない、傷つけても問題のない、そういう、存在だったはずでしょう？　だって、ほら、伯爵家では皆がそうやってソフィラを扱っていたじゃない？　だって、だから、私だって……。だって、だから、そんなソフィラだから、だから、私は……。そうよ、だから、私は、安心してソフィラを……。

「ジェシカ！　どうして否定してくれないんだ？　まさか君は本当に、ソフィラ様を鞭で打ったのか？」

私の様子に痺《しび》れを切らしたのか、普段は穏やかな夫が少し声を荒らげた。

「……しっ、仕方がなかったの！　スタンリー伯爵夫人に命じられて、どうしようもなくて！　子爵家の私が逆らうことなんて出来なくて！　私だってそんなことしたくなかったわ。でも伯爵夫人からの命令を断ることなんて、私には出来なくて……」

そうやって必死で訴える私の言葉を、夫はあっさりと信じた。

「だが君は、人として決してしてはいけないことをしたんだ」

「ごめんなさい。ごめんなさい貴方。私のせいで子爵家の家名に泥が……」

「違う！　そんなことはどうだっていいんだ！　そういうことではなくて！　そうではなくて、無抵抗の人間を傷つけるだなんて、誰の命令であったとしても！　そんなことは決してしてはいけなかったんだ！」

穏やかな夫が、『伯爵夫人に逆らえなかった』という私の言葉を信じても、それでもなお私を叱《しか》った。夫に叱られたことなんて、今までただの一度だってありはしなかったのに。

でも、だって、それは、相手があのソフィラだったからなのに。だって、そう、伯爵家で誰からも侮《あなど》られていた、あのソフィラだったからなのに。

「ソフィラ様に謝罪しよう。許されることではないかもしれないけれど、少しでもソフィラ様の心が軽くなるように。誠心誠意謝罪をするべきだ。ソフィラ様と対面出来るように、僕からブラウン公爵に連絡をするよ」

私が愛した誠実な夫は、やはりどこまでも誠実だった。誠実な夫、名誉ある仕事、私の人生は満たされていてとても幸せなの。だから、そうよ、こんなことでこの幸せが崩れるだなんて、そんなことあるはずがないのよ。

だって、ほら、相手は所詮、あのソフィラなんだもの。なにせソフィラを鞭で叩《たた》いた分だけ伯爵夫人から特別手当が出たのよ？　だから、だって、仕方がなかったんだもの。

だから、そうね、きっとあのソフィラなら、謝罪さえすればすぐに許してくれるわ。


「ソフィラ様。妻が大変申し訳ございませんでした」

夫はすぐに連絡をして、それから二週間後に私達はブラウン公爵邸を訪れた。

そして一通りの挨拶が終わった後で、私よりも先に夫がソフィラに謝罪した。

公爵夫人になっても、ソフィラはあの頃と何も変わっていないように見えた。

だから、そうね、やっぱり大丈夫だわ。安心して私もソフィラに頭を下げた。

「スタンリー伯爵夫人に逆らえなかったとはいえ、申し訳ございませんでした」

でも、だけど、すぐに許してくれるはずのソフィラは、無表情で私に問いかけた。

「それは何に対する謝罪ですか？」

あっさりと許してもらえるとばかり思っていたのに、質問で返されるだなんて……。溢《あふ》れそうになる不満と不安を飲み込んで、私は出来うる限りの悲しそうな顔を作った。

「……それは、もちろん、鞭で打ってしまったことに対する謝罪ですわ」

「ソフィラ様。妻は家庭教師などしておりますが、本当はとても気が弱いのです！　スタンリー伯爵夫人の命令には逆らえなかったのです！」

夫が私を庇うように必死で言ってくれた。そんな夫の言葉に答えたのは、ソフィラではなく酷く冷たい表情をしたブラウン公爵だった。どうして？　だって、仕方がなかったのに、それなのに、どうして私をそんなに怖い顔で睨みつけるの？

「二万回だ」

「えっ？」

「ソフィラが貴方の妻に鞭で打たれた回数だ」

「なっ⁉」

「貴方の妻は、ソフィラの家庭教師をしていた五年間の間、週に四回ある授業の度に二十回は鞭でソフィラを嬲《なぶ》っていた」

「……二万……回……？」

そのあまりの数字に、夫は驚愕して私を見た。

でも、だって、それは。だって、仕方がなかったんだもの。

「仕方がなかったのです‼　子爵家の私には、伯爵夫人の命令に逆らうことなど出来なかったのです！　だからどうかお許しください！　私にはどうしようもなかったのですから！」

さすがにこの状況はまずいと思った私は必死で訴えた。だけどどんなに必死で訴えても、ブラウン公爵の瞳は冷たいままだった。

どうして？　どうしてこんなに敵意を持たれているの？　だって、私は。だって、そうよ、仕方がなかっただけなのに。

「公爵家として、過去に妻がされた仕打ちを捨て置くことは出来ない。だが、子爵からの謝罪に免じて夫人を二万回鞭打ちすることで手打ちとしよう」

「なっ⁉　何をおっしゃっているのですか？　二万回も鞭で打たれるだなんて！　そんなことされたら私は、死んでしまいます！」

あまりの提案に、私は必死で叫んだ。

「夫人は、『仕方がなければ』他人を鞭で打っても許される、と思っているのだろう？　その理屈に従うならブラウン公爵家の体面を保つために仕方ないのであれば、夫人を鞭で打つことも許されるはずだ」


それを告げるブラウン公爵の声は、とてつもなく冷たい、凍えるように冷たいものだった。

何も言えなくなってしまった私の耳に響いたのは、愛しい夫の切実な声だった。

「ブラウン公爵。ソフィラ公爵夫人。妻が大変申し訳ございませんでした。二万回もソフィラ様を鞭で打ったなどと、とても許されることではありません。ですが妻のしたことの責任は、我が子爵家にございます。子爵家は取り潰しになっても構いません。子爵家としてどんな制裁でも受け入れます。ですがどうか妻個人への制裁は、どうかご容赦いただけないでしょうか」

この人は、どんな時でも私を信じて味方になってくれる人。

貴方と結婚出来て本当に良かった。……私のために子爵家が取り潰しになっても良いとさえ言ってくれるだなんて……。そんな夫に私は心から感謝した。

こんな状況だからこそ私にとって夫は何よりも大切な、かけがえのない存在なのだと改めて気づいた。「家庭教師であったはずのジェシカ先生は、けれど私に何も教えてはくださいませんでしたよね」

感動する私の心に水を差したのは、平坦《へいたん》なソフィラの声だった。

「何も教えなかった……？　ジェシカ。君は教えたことが出来なかった罰として、ソフィラ様を鞭で打ったのではなかったのかい？　まさか理由もなく鞭で打っていただなんて。そんなのは行きすぎた躾《しつけ》ですらない、ただの虐待じゃないか……」

夫は信じられないというように私を見つめた。思わず目を逸らした私の耳に、また平坦なソフィラの声が響いた。

「先日招かれたお茶会で、皆様に所作を褒めていただきました。その際に家庭教師の先生を聞かれましたが、私の所作はすべてブラウン公爵家から学んだものです。誤解があってはいけないので、皆様には『ジェシカ先生からは鞭で打たれていただけで何も教えていただけなかった』と事実をお伝えしました」

「そんなことを知られたら私は終わりじゃない！　どうしてそんな勝手なことをしたのっ！　だからお前はダメなのよっ！　スタンリー伯爵夫人に報告しますからね！」

生意気なソフィラの態度と行動に、思わず家庭教師をしていた頃と同じようにソフィラにあたってしまった。

その場の空気が凍ったのが分かった。

これは、でも、だって、仕方がなかったのに！

「ジェシカ先生？　先生は、私のスキルが『ミラー』であることはご存知ですよね？」

もちろん知っているわ。伯爵夫人が『何の役にも立たないスキルだ』と散々こき下ろしていたもの。私がそれを答える前に、ソフィラは言葉を続けた。

「ミラーは鏡。私は過去に自分が鏡のある場所で見た光景であれば、それを鏡に映すことが出来るのです」

何を言っているの？　どういう意味なの？

考える間もないまま、応接室に飾られていた大きな鏡が輝き出した。

『ジェシカ先生。どうして先生は、私に何も教えてくださらないのですか？』

いつか聞いたことのある声が響いた。これは、私が家庭教師をしていた頃の、今より幼いソフィラの声だわ。

そして鏡には、ソフィラの家庭教師をしていた頃の、今より若い私の姿が映し出されていた。

どういうこと？　これは一体何なの？　鏡に映る光景は、まさか本当に過去のソフィラが見ていた光景だというの？

『お前にマナーなんて教えるだけ無駄よ！　その生意気な目は何？　伯爵夫人がおっしゃる通り、お前にはこっちの教育が必要ね！』

鏡に映る過去の私は、とても慣れた手つきで鞭を振り下ろした。鏡の中で、ソフィラの嗚咽《おえつ》と鞭が皮膚にあたる音が響き続けていた。

鞭で打たれている間、ソフィラは必死で俯《うつむ》いていたのだろう。鏡の映像は、ただずっと床を映していた。

音が途切れた瞬間、映像がゆっくりと床から移動した。きっとソフィラが顔をあげて、部屋の隅にあった鏡を見たのだろう。

そこに映っていたのは、ひどく痩せている幼い少女が、大人から鞭を振るわれている光景だった。

それは、耐えるように鏡を見つめるソフィラと、そんなソフィラに何の躊躇《ちゅうちょ》もなく鞭を振り続ける私の姿だった。

「……ジェシカ……。君は……」

顔色を無くしたまま呟いた夫は、次に映った光景に今度は絶句した。

ソフィラの視線が鏡から私に移動した。そこに映し出された光景は、当時のソフィラの瞳に映ったのは……。

鞭を振り下ろしながら楽しそうに笑う、醜い女の顔だった。

そんな、嘘でしょう？　ソフィラを鞭打っていた時の私は、笑っていた、の？　まさか、そんなはず……。

でも、でも、私がソフィラを虐げていたのは、それは、だって。だって、そう、仕方がなかったから……だったはずなのに。だから、まさか、仕方がなくやっていたはずの自分がこんな表情をしていたなんて、そんなこと……。

でも、だけど、ソフィラを鞭打つ私が、もし本当に笑っていたのだとしても、それは、そのことは、スタンリー伯爵家以外の誰かに知られることは決してないはずだったのに。

「だって、そう、伯爵夫人は、ソフィラが嫁ぐのは格下の子爵家だからって。だから、そう、これからも一生ソフィラが、私に逆らうことなんて出来ないって。だって、だから、私は、安心して……」

だって、だから、私は。そう、私は、だから、安心してソフィラを鞭で打ったのに。

夫は、ついさっきまで私を必死で庇ってくれていたはずの夫は、心底軽蔑した目を私に向けた。

「ジェシカ！　……君は……」

どうして？　どうしてそんな目で私を見るの？　だって、私は、そうよ、仕方なかっただけなのに。

「貴方。違うの！　私は、だって、だから、仕方がなかったから……」

「先ほどのブラウン公爵からの言葉の意味を、君は全く理解出来ていないんだね」

「えっ？」

「ジェシカは、『仕方がないから』というだけの理由でソフィラ様を鞭で打った。それはつまり自分が同じことをされても、仕方がないということだろう？」

「えっ？　いえ……。でも、だって、私は……伯爵夫人の命令で仕方なく……」

「仕方がないとか関係ない。誰かを鞭で二万回打つのなら、自分も鞭で二万回打たれる覚悟が必要だ」

　二万回？　鞭で？　嫌よ。そんなの耐えられるはずがないじゃない。そんな覚悟なんてあるはずがないじゃない。

　だって、そうよ。私はただ、仕方がないからソフィラを鞭で打っていただけで。そこにそんな覚悟だなんて、そんなものがあるはずないじゃない。

「貴方。信じて。私は、本当に仕方がなくて……」

「だから！　そうではない！　そうではないんだ！　仕方がないなんてないんだよ！　無抵抗の人間を鞭で打つだなんて、そんなことは理由に関係なくあってはならないんだ！」

「でも、だって。だって、伯爵夫人が……」

「ブラウン公爵。先ほどの言葉を訂正させていただきます」

　とても真剣な顔をして言葉を紡ぐ夫の様子に、とても嫌な予感がした。

「貴方？　訂正って、一体何を……」

「子爵家としてどんな制裁でも受け入れることは変わりありません。けれどジェシカ個人に対する制裁についても、ブラウン公爵のご判断に委ねます」

先ほどのブラウン公爵と同じくらいに冷たい声を出しているのが、本当にあのいつも穏やかで優しい夫だとは、とても信じられなかった。

「どうして？　だって、貴方は私を愛してくれているのでしょう？」

必死で紡いだ私の言葉を、だけど、夫は、否定した。

「愛していたよ。無抵抗の少女を笑いながら鞭打つ、その姿を見るまでは、ね。僕は君をとても誠実な人だと思っていた。不器用だけどすべてに一生懸命で実直に努力する誠実な人間だ、と。でも違った。僕が愛した君は幻だった」

夫はまっすぐに私を見つめていた。

それなのに、その瞳からは先ほどまで確かにあったはずの温もりが、一かけらも見いだせなくなっていた。

「何の過失もない力なき幼い少女を笑いながら鞭打てる、そんな人間を愛することは出来ない」

なんで、だって、私は。だって、私は、伯爵夫人に言われたから。だから、そう、仕方がなかっただけなのに。誰にも知られることはないって言われたから。だから安心して、していただけなのに。

貴方を失うことになるのなら、私は決してそんなことはしなかったのに。

でも、だけど、たとえどんなに後悔しても。

二万回も鞭で打たれながらずっと。どんなに、どんなに後悔しても。

夫が私を愛してくれることは、もう二度となかった。

第6話　もう一度、輝く赤い瞳に会いたくて～義妹レイン～

いつからなのかは、もう思い出せないけれど。いつだって私は、自分のことを誰からも侮られるような、その程度の存在だと思っていた。

お父様とお母様がお亡くなりになる前は、『愛されていた』と自信を持って言える。今だってお兄様からの私への愛情を疑ったことなんてないのに。

それでも私は、自分に何ひとつ自信が持てなくなった私は、家族以外の誰からも侮られるような、そんな存在なのだと思う。

お父様とお母様が事故で亡くなってまだ十代だったお兄様が当主になったから？　その事故で顔に出来た傷痕のせい？　言い返すことすら出来ない弱い性格のせい？　そんな風に、侮られる原因は、いくらだって思い浮かべられるけれど。

だからといって私には、その原因をどうすることも出来なかった。


将来の義姉《ぎし》となるソフィラ様と初めて出会ったのは、スキル判定の日だった。

その日私は、会う度にいつも嫌味を言ってくる令嬢達に会いたくなくて、会場までの長くない道のりを休憩しながら少しずつしか進めずにいた。そんな私にお兄様は辛抱強く付き合ってくれていた。

そんな時に私達兄妹の前に現れたのが、ソフィラ様だった。

初めて見る赤い瞳のその少女は、私達兄妹に揃ってある顔の傷を見ても少しも動じなかった。

……事故の後から初めて、私は初対面の人と会っても自分の顔に傷があることを思い出さずにいられたの。いつもだったら相手のその視線で、私は嫌でも自分の顔に傷痕があることを痛感せざるを得なかったのに。

「顔に傷があるのは変なことなの？　私の世界はとっても狭いから、他の誰かにとって何が変とかはよく分からないの。でもふたりの瞳はキラキラしてて、とってもとってもキレイだよ。だから私は、顔の傷よりもそっちが気になったよ」

貴族としてまともな教育を受けていなかった当時のソフィラ様の言葉は、とても私と同じ十歳の貴族とは思えないほどにぎこちなかった。それでもそのまっすぐな言葉は、今でも私の宝物なの。

初めて出会ったあの日に過ごした時間はとても短かったけれど、私は強くソフィラ様に惹《ひ》かれた。口には出さなかったけれどお兄様もきっと同じ気持ちなのだと、私には分かったの。だからどうしてももう一度、ソフィラ様に会いたかった。

もう一度、あの輝く赤い瞳に会いたかった。

だから私は、こんな私に与えられた『夢』というスキルを必死で鍛錬した。きっと私にこのスキルが与えられたことに、意味はあるはず。私だって、こんな私だって、努力すればきっときっとひとつくらいは叶《かな》う願いがあるはず。そう信じて、私は必死でスキルを鍛錬し続けた。

そしてついに、私は夢の中でソフィラ様と再会した。

「……ここは？　夢？」

「ソフィラ様！」

「……えっ？　あれっ？　もしかしてレイン？　それにレオも！　久しぶりだね！　でも……なんで……？」

「私のスキルです。対象の人間が寝ている時であれば私の『夢』の中に呼ぶことが出来るのです。もう一度ソフィラ様とお兄様と三人でお話ししたくて……。おふたりをお呼びしました」

今まで誰にも話していなかった私のスキルの詳細を知ったふたりは、とても驚いていた。

「ソフィラ様のスキルである『ミラー』とは、一体どんなスキルなのですか？」

久しぶりに会えたことが嬉しくて、興奮したまま考えなしで発した私の言葉に、ソフィラ様は悲しく俯いた。

「私のスキルは……どんなものか分からない……。お屋敷でスキルを使うことは禁止されてるから……」

この時になって初めて私は、以前だって決して標準体型とは言えなかったソフィラ様が、以前より更に痩せてしまっていることに気がついた。

ソフィラ様と再会出来た喜びや、スキルを使いこなせた自惚《うぬぼ》れで、そんなことにさえ気づけていなかった自分がたまらなく恥ずかしくなった。

こうして私達兄妹は、この時にやっとソフィラ様の境遇を知った。

初めて会った日にも、その身なりや言動からソフィア様が普通の貴族のような生活をしていないであろうことは感じていた。

それでもソフィラ様は決して不幸そうには見えなかった。マリーというメイドを心から信頼していることが分かったし、髪の毛も洋服も丁寧に手入れされていることが分かったから。

何よりも、輝くその赤い瞳に暗い影はなかったから。

だけどその後で、初めて出会った日のスキル判定のその後で、彼女の環境は一変していた。

そのせいで今のソフィラ様は、あの時とは反対に素材はよくても粗雑に扱われて綻びのある洋服を着て、酷く傷んだ髪をしていた。

何よりもあんなに輝いていた赤い瞳が、暗く沈んでしまっていた。

ソフィア様の赤い瞳は、いつだってあの日のように輝いていてほしい。

それは私だけでなく、お兄様も同じ気持ちだった。だからそれは、それからの私達兄妹の強い願いになった。

ソフィラ様のために私達に出来ることは何だってしようと、そう決めたの。

それから長い時間がかかったけれど、ついにお兄様と結婚したソフィラ様のその赤い瞳がキラキラと輝いているのを見た時には、本当に嬉しかった。

お兄様と結婚した時には、すでに『夢』の中で公爵爵夫人としてのマナーを身につけていたソフィラお姉様は、これまでもお茶会等には参加していたけれど、パーティーに参加するのは今日が初めてだった。

いつもは他の令嬢達から顔の傷を嘲笑されるのが怖くて俯いている私だけど、せめて今日だけはソフィラお姉様の隣で凛《りん》としていよう、そう決意していたのに。

誰からも侮られる私は、やっぱりとても弱くて。

「あらっ？　レイン様。今日はいつもよりお化粧が濃いのではなくて？」

「ふふっ。だけど特徴的なお肌の模様は、隠しきれずにくっきり見えているわ」

「まぁ。隠そうとする必要なんてございませんのに。レイン様の傷痕はとても特徴的な模様ですから、一度見たら忘れられないでしょう？」

「『私達は特徴のない肌ですから、羨ましいくらいですわ』」

クスクスと嘲笑われただけで、決意は萎《しぼ》んで、私はいつものように情けなく俯いてしまった。

いつも必ず私に嫌味を言ってくるのは、ミラベル侯爵令嬢と、オリヴィア伯爵令嬢と、アイラ伯爵令嬢の三人だった。そんな三人は、今日も思った通りの反応をする私を見て楽しそうに笑っていた。

三人のリーダーであり、いつも一番に嫌味を言ってくるのは、爵位が一番高いミラベル様だった。

だけど私が一番怖いのは、アイラ様だった。


幼かった私の初恋の相手は、伯爵令息であるキール様だった。

まだ両親が生きていた頃、私の顔に醜い傷痕がなかった頃、私がもっと無邪気に笑えていた頃、私とキール様はとても仲が良かった。キール様は、とても整った顔立ちで、とても優しくて、私には本当に王子様みたいな存在だった。

それに彼が与えてくれる言葉や態度の端々に、私は確かに彼からの好意を感じていたの。

だけど両親が亡くなった後、私の顔に醜い傷が出来た後、私がいびつな笑顔を浮かべるようになった後、彼の態度は一変した。

「婚約者に誤解されると困るから」

突然告げられた言葉に、蔑《さげす》むような冷たい表情に、理解が追い付かなかった。

そしてキール様の隣には、いつも私に嫌味を言ってくるアイラ様がニヤニヤとしながら立っていた。そんなふたりを前にした私は、何も考えられずその場から逃げ出した。

「あの反応。やっぱりレイン様ってキール様のことが好きだったのではなくて？」

「まさか。彼女とは何の関係もないのに。それに好かれたところでさ……」

「そうよね。レイン様に好かれたところで、ですわね」

そんな嘲笑うようなふたりの声が、逃げる私を追いかけてきた。

あの日から私はずっと俯いている。

キール様にも、いつの間にかキール様の婚約者となっていたアイラ様にも見られたくない。

この、醜い傷痕を見られたくなくて、私はずっと怯《おび》えていたの。


「レイン様のお隣にいらっしゃるソフィラ様のことは、噂では存じておりますわ。『スキル判定に平民同然の身なりで現れて以降一度も社交界に姿を現さないスタンリー伯爵家の隠し子』ですわよね？」

過去に気をとられていた私にミラベル様の声が響いた。

隣にいるソフィラお姉様は、ただまっすぐにミラベル様達を見ていた。

ミラベル様達が私を好きにいたぶるのは、私が公爵の妹に過ぎない存在だからだと思っていた。自分より格下の私であれば、たとえどんな対応をしても問題ないと思われているのだと。

それなのに彼女達より格上の公爵夫人であるソフィラお姉様のことまで馬鹿にしたことには、驚いた。もしかしたらスタンリー伯爵家で冷遇されていたと話題のソフィラお姉様になら、何を言っても許されると思ったのかもしれない。

ううん。きっと私のせいだわ。

私が嫌味を言われていることを知ったお兄様は、ブラウン公爵家として正式に三人の家に抗議をすると言ってくださった。だけど私はそれを泣いて止めた。

だって、あまりに惨めだったから。

自分で言い返すことすら出来ないからと家の名前で抗議するだなんて、あまりに自分が情けなくて。

だから私は『私は大丈夫だからどうか抗議することだけは止めて』とお兄様に懇願した。

だけどきっとそのせいでブラウン公爵家も甘く見られてしまったのだわ。公爵家当主は、妹が侮辱されても何もしないと。私のせいで。

だからきっと彼女達が侮っている私の隣にいるソフィラお姉様も、私と同格のように侮られてしまっているのだわ。私のせいで、私が弱いせいでソフィラお姉様まで……。

「たしかソフィラ様は、世界で唯一のスキルを持っているのでしょう？」

「ミラーでしたっけ？　きっとレイン様のスキルと同じくらいに、使えないスキルなんでしょうね？」

「レイン様のスキルは、楽しい夢を見ることが出来るだけのスキルでしたっけ？」

ミラベル様達はいつも私にするように、ソフィラお姉様を馬鹿にしたように見てクスクスと笑い合った。

私のせいでソフィラ様まで馬鹿にされているのに、それなのに、弱い私はどうしても口を開くことが出来ないでいた。

「そうだわ！　ねぇ、余興代わりにソフィラ様のスキルを、今ここで披露してくださらないかしら？」

意地が悪そうに笑うミラベル様に、初めてソフィラお姉様が口を開いた。

「私のスキルは、このような場所で披露するようなものではありませんから」

ソフィラお姉様のその凛とした透き通るような声に、あのミラベル様でさえ一瞬気圧《けお》されていた。だけどそのことが逆にミラベル様のプライドを刺激したようで、更にしつこくソフィラお姉様に絡みだした。

「少しくらいならいいでしょう？　どんなにくだらないスキルでも、私は笑ったりしませんわよ？　それともスキルの使い方が分からないのかしら？」

「いいえ。さすがに使い方は分かります。ですが……」

「なら、少しくらい良いでしょう？」

「ですが、出来れば使いたくないのですが……」

「どんなにくだらなくたって世界で唯一のスキルですもの。皆様の余興くらいにはなりますわよ」

「ですが、私のスキルは……」

「説明なんて結構ですから、使って見せてくださいませ」

「ですが……」

「今夜のパーティーの主催は、我が侯爵家ですわ。主催者からのお願いが聞けないのですか？」

ミラベル様はもともと周囲に聞かせるかのように大きな声でお話しされていたので、いつの間にか周囲の人間は皆ミラベル様とソフィラお姉様のやり取りに注目していた。

更に最後のミラベル様の苛立ったような甲高い声で、もはや会場中の視線がミラベル様とソフィラお姉様に注がれていた。

「……分かりました。ミラベル侯爵令嬢からの強いご命令ですので、今から私のスキルをお見せします」

ソフィラお姉様は、あえて『命令』という言葉を強調して言った。

それにミラベル様との会話が、あまりにも受け身すぎるわ。普段と違うソフィラお姉様の対応に違和感を感じていた私は、顔を上げてお兄様を探した。

お兄様は、遠くで辺境伯達と会談していたようで、ちょうど騒ぎに気づいてこちらに顔を向けたところだった。私とお兄様の目が合ったその時には、すでにソフィラお姉様はスキルを使っていた。

「ミラー」

会場中にソフィラお姉様の透き通るような声が響き渡った後で、会場が光に包まれた。そしてその光が消えた後、悲鳴があがった。

「「「きゃー」」」

それは、ミラベル様達三人の悲鳴だった。

「ミッ、ミラベル様‼　おっ、お顔に傷痕が‼」

「何を言っているの？　突然醜い傷痕が出来たのは、貴女達の方でしょう！」

「まっ、まさか私達三人の顔に、レイン様のような傷が……」

「鏡！　誰か鏡をすぐに持ってきてくださいませ！」

鏡を見たミラベル様達は、自分の顔に私と同じ傷痕があることに驚愕して、顔色を真っ青にしていた。

「ソフィラ様！　これは一体どういうことですの⁉　私達の肌に一体何をしたのですか⁉」

「ミラーは鏡。皆様がレインの傷痕を『羨ましい』とおっしゃっていたので、鏡のように映してさしあげたのです」

「な、なんてことを……。侯爵令嬢である私にこんなことをして、許されると思っているの⁉」

「私は、スキルは使いたくないと何度も申し上げました。ですがミラベル侯爵令嬢にスキルを披露しろと命じられたので、仕方なく使っただけです。そのことは、ここにいる皆様がご存じのはずです」

ソフィラお姉様の言葉に、周りで様子を見ていた貴族達が頷《うなず》いた。

「でっ、では！　もっ、もう結構ですからスキルを解除してくださいませ！」

「出来ません」

「……はっ……？」

「『ミラー』は解除出来ません」

「……嘘よ！　そんな……。まさかそんなことがあるはず……」

「このスキルは、私にしか使えません。どのようなスキルかも、私にしか分かりません。私はスキルの説明をしようとしましたが、それを遮ったのもミラベル様です。どんなスキルなのか確認もせずに使わせたのは、ミラベル様ご自身ですよね？」

堂々と言い切るソフィラお姉様を見て、ミラベル様は愕然としていた。

……ちなみに私は、『ミラー』が解除出来ることを知っているけれど、もちろん何も口を挟まなかった。

「嫌……。嫌よ！　こんなに醜い傷が顔にあるだなんて耐えられない……。お願い！　消してよ！　消して……。消してくれるなら何でもあげるわ！　そうだわ！　ソフィラ様は、家族からの愛に飢えているんでしょう？　だったら私が、お友達になってあげるわ！　だから、だから お願い……」

今まで私をいたぶって嘲笑っていた人間と同じとは思えないほど、ミラベル様は狼狽《ろうばい》して震えていた。震えながら必死でソフィラお姉様に懇願していた。

そんなミラベル様を見て、今まで私の中で膨らみ続けていた彼女達への恐怖心が萎んでいった。

「いいえ。欲しいのは家族からの愛情だけなので、あなたのそれはいりません」

ソフィラお姉様は、相変わらず透き通る声で凛と告げた。

ソフィラお姉様からの強い拒絶に、ミラベル様達三人は絶望したように肩を落とした。

「アイラ。何なんだ？　その顔は？　……嘘だろう！」

その時、以前はあんなに好きだったはずなのに、今では聞くことさえも怖くなってしまった声が聞こえてきた。

「あぁ！　キール様！　どうか助けてください」

婚約者であるキール様の登場に安心したのか、アイラ様はすぐにキール様に駆け寄ろうとした。

だけどキール様の口から出たのは、信じられないような言葉だった。

「おい！　その醜い顔で僕に近づかないでくれ！」

まさか婚約者からそんな言葉を投げつけられるだなんて想像もしていなかっただろうアイラ様は、一瞬ただ呆然としていた。そしてそれからじわじわとその表情が、信じられないというような絶望に変わっていった。

今、キール様がアイラ様に向けている顔は、その蔑むような冷たい表情は、以前私に向けられたものと全く同じだった。

なんだ。やっぱり原因は、この傷痕だったんだわ。

ただ、この傷痕だけだったんだわ。

私がどんな私だったとしても、この傷痕が出来た瞬間にキール様は結局私を捨てたのだわ。

それはもしかしたら絶望するような事実なのかもしれないけれど、それでも私にとっては必要な事実だった。その事実を知ることが出来て、なんだか少しほっとした。

私だからじゃなかった。私が侮られる存在だからじゃなかった。ただ傷痕のせいだった。

この傷痕があるのなら、たとえ私が私じゃなくても捨てられていた。

それだけのことだったんだわ。

それからふと思ったの。ソフィラお姉様がかけたミラーは、本当にひとつだけだったのかしら？って。

だって私の顔と同じ傷が映されただけではなくて、アイラ様には過去に自分がしたことが鏡写しのように自分に返ってきたから。

過去に、醜い傷痕がある私を嘲笑っていた彼女は、自分が今私と同じ目にあっていたから。

そしてソフィラお姉様がミラーをかけたのは、本当にミラベル様達三人だけにだったのかしら？

だってソフィラお姉様のスキルの光に包まれたのは、彼女達三人だけではなくて会場全体だったから。

だとしたら、いつかキール様にも自分のしたことが鏡写しのように返ってくるのでは……。

私がそんなことを考えている間にも、ミラベル様達は絶望の顔で今にも泣きだしそうになっていた。

そんな彼女達に、ソフィラお姉様が話しかけた。

「スキルを解除することは出来ませんが、皆様のお顔の傷を見えなくする方法ならございますよ」

「ほっ、本当に？　お願い。どうすれば良いか教えて……ください」

「皆様のお顔には、レインの傷痕を鏡のように映しているだけです。ですからレインの傷痕を消すことが出来れば、映し鏡の皆様のお顔の傷も見えなくなります」

ソフィラお姉様のその言葉で、ミラベル様達は一斉に私を見た。

「レイン様。お顔の傷はどのようなケアをしていますの？　試してほしいクリームがありますわ。我が家の専属医には、肌の専門家もおりますので相談致しましょう」

「隣国では、お肌の移植手術をすることがあると聞いたことがありますわ」

「魔法は試されました？　癒しのスキルならもしかしたら治るのではなくて？」

……今までは嫌味ばかりであんなに怖かった人達なのに、味方（？）になった途端にこんなに心強いだなんて……。

人間味のある彼女達の狼狽ぶりや絶望する姿を見て、彼女達に対する私の恐怖心はなんだかすっかり消えていた。

そして恐怖心の代わりに残ったのは、もう諦めていたこの顔の傷が治るかもしれないという希望だった。

信じられない気持ちでソフィラお姉様を見ると、私が愛してやまないその赤い瞳をきらめかせて優しく笑っていた。

その夜は、パーティーで起こった様々な出来事に疲れ切ってぐっすり眠った。そして翌朝目覚めた私の部屋のカーテンをいつもと同じようにメイドが開けてくれた。

昨日までと何も変わらない朝なのに。いつもと全く同じ朝なのに。

いつぶりだろう？　少なくとも両親が亡くなってからは一度も思うことはなかったこと。

だけどその日、数年ぶりに私は思ったの。


窓から降り注ぐその朝日をキレイだと、そう思えたの。


昨日までと何も変わっていないのに。私の顔の傷痕は何も変わらずそのまま残っているし。

私は今までの弱い私のままだし。

私の過去も、私の周りの世界だって何ひとつ変わっていないのに。

それでも、窓から私に差し込むその光を見て、その眩《まぶ》しさが泣きたくなるくらいに愛しいと、
そう思えたの。

だから私は、だから私は、きっともう大丈夫なのだと、そう思えたの。

たとえこれからまた誰からも侮られたって、私はきっともう大丈夫なのだと、そう思えたの。

第7話　真実の愛の残骸～父グレン～

伯爵であるこの俺が、平民のエミリと本当の意味で結ばれることなどないということは、エミリと初めて会った時から痛いほど知っていた。

それでも俺は、エミリを愛した。

政略結婚の相手に過ぎない妻のことは最初から愛してはいなかった。

妻は、裕福な子爵家の末っ子として甘やかされて育ったせいか、一般的な教養もない無知な女だった。そのくせ自信だけは満々で、初めての顔合わせの時に言われた言葉には耳を疑った。

『私と結婚出来るだなんて、グレン様は幸せですね』

何の魅力もないくせに、傲慢な態度のそんな女を愛せるはずがない。

結婚してからは、俺の母親がスタンリー伯爵家に相応しい教養を身につけさせようとしたが、真剣に学ぶ気のない態度に呆れ果てていた。あまりに怠惰な俺の妻のことを諦めた母は、それから跡取りのことばかり言うようになった。

ローズが産まれた時には、確かに嬉しかった。自分の血の繋がった子どもを初めて抱きしめた時には、得も言われぬ感情が込み上げてきた。

だけど母から跡取りのことを言われて、妻が不機嫌になる時間が増えた。

『ローズに婿を取ればいい』、たったそれだけで解決する話だった。

それなのに、無知な妻はたったそれだけの答えにさえ辿《たど》り着けず、『跡取りとなれる男の子を産まなければ』と思い込んだ。

俺の言葉には耳も傾けず、俺の母を見返すためだけに子どもを欲しがった。そんな妻には、ほとほと呆れて、それからはもう助言をすることも止めた。


そんな時に出会ったのが、エミリだった。

『平民に人気の芝居小屋がある』と知り合いの男爵に誘われて、家に帰りたくない気持ちもあり冷やかし半分で観劇に行った。

エミリは主役ではなかった。それどころか主要なキャストですらないただのわき役に過ぎなかった。

それでも初めて見た瞬間から、俺の目にはエミリしか映らなかった。エミリが登場する度に、自然に視線が引き寄せられて、気づくとエミリだけを見つめていた。

人はこうやって恋に落ちるのだと、初めて知った。

それから男爵の伝手《つて》で芝居小屋のオーナーに連絡を取り、エミリを紹介してもらった。

現実のエミリも、やはりあの芝居の中と同じように輝いていた。美しさでいったら貴族女性の方がそれは美しいだろうと俺でも思う。それでも、使用人達に磨き上げられて上等なドレスを着る、そういう金をかけた人工的な輝きではない、天然の輝きがエミリにはあった。

「今はまだわき役だけど、いつか主役をはれるようになりたいんです。私はお芝居が大好きだから、お芝居だけが生きがいだから、いつかプロの女優になるのが子どもの頃からの夢なんです！」

まだ幼い青い瞳を輝かせて語る姿も、俺にはとてつもなく輝いて見えた。

「応援するよ。君が女優になれるように、俺が全力で応援する」

そんな俺の言葉を聞いたエミリは、眩しい笑顔で笑った。

「ありがとうございます！　伯爵であるグレン様に応援いただけるだなんて夢みたいです！　グレン様の応援があれば、きっと私はプロの女優になれますね」

あまりに健気なその様子に、俺は思わずエミリを抱きしめた。エミリはそれを拒否しなかった。

そこからすべてが始まった。俺とエミリのすべてが。

あんな妻のことを愛せないのは当然のことだったが、エミリと出会ってからは、スタンリー伯爵家も、たったひとりの娘であるローズさえも、エミリよりも大切だと思うことは出来なくなった。

つまりこれが、この想いこそが、真実の愛、なのだと信じていた。

「ミラー」

スタンリー伯爵家の屋敷を出る時にソフィラが放ったスキルのせいなのか、ソフィラが出ていってからスタンリー伯爵家は急速に落ちぶれていった。

始まりは、領地経営を任せていた執事がしていた税の不正徴収が摘発されたことだった。

次に、妻がソフィラにしていた仕打ちが社交界で一気に広まった。これはスキルの力なんかではなく、ソフィラ自身が実行した復讐《ふくしゅう》なのかもしれないが。

だが、どちらにしろスタンリー伯爵家は長くは持たない運命だったのかもしれない。執事が税を不正に徴収しなければならないほどに、我が領の財政は逼迫していたのだから。

その理由の一端には、外国の商人から高額な値段でガラクタを大量購入させられていた妻の散財や、俺からエミリへの数々の援助もあったのかもしれない。

「こんなに急に家督をジャレットに譲るだなんて！　よりによってどうして今なのよ？　ジャレットが可哀想でしょう！　せめて財政を立て直してからにしてあげて！　父親のくせに無責任だわ！」

伯爵を引退すると宣言した俺に、妻はキンキンと煩《うるさ》い声で喚いた。

俺はこの女のこの自分勝手な自己主張が、中身がないことを隠そうとする大きな声が、煩《わずら》わしくてたまらなかった。それでも貴族の義務として仕方なく結婚してやったのに。

この女はどこまでも、最後まで、怠惰で無知なままだった。

この女に助言をすることはいつからかしなくなっていたが、今日で最後だ。餞《はなむけ》に自分がいかに愚かな人間か教えてやろう、そう思った俺は久しぶりに妻の顔を見ながら話した。

「スタンリー伯爵家の血を絶やすという君の望みが叶うんだ。満足だろう？」

俺のその言葉に、妻は目を見開いた。想像もしていなかったというように驚くその姿は、滑稽だった。

「俺が気づいてないとでも思ったか？　馬鹿にするのも大概にしろよ。俺の母親が倒れてから一度もしていないのに、あのタイミングで妊娠するわけがないだろ？」

顔面を蒼白《そうはく》にした妻を見ても、滑稽なだけだった。ただ早くこのつまらない話を終わらせて、エミリに会いたいと思った。

「……そんな……。どうして……。まさか気づいていたなんて……。でもだったら……。だったらどうして、今まで何も言わなかったのよ！」

「どうでも良かったからだよ」

「……どうでも……？」

「浅はかな君の考えなんてすべて知っていたさ。口煩い俺の母が憎かったんだろう？　だから母が守ろうとしたスタンリー伯爵家の血を絶やそうとしたんだ。どうせあの双子の父親は、母が倒れた後によく呼んでいた外国の商人だろう？」

俺の言葉は正解だったのだろう。妻はガタガタと震えだした。今更震えたところでどうしようもないのに。妻が犯した罪はそれだけではないのに。

「君がソフィラを虐待した理由は、ソフィラの瞳が赤かったからだ」

「……あっ…………」

「使用人達はそれを『姑と同じ赤い瞳だから』だと、勝手に解釈したみたいだけどね。本当は違うだろう？」

「……っ……」

妻は今にも倒れてしまいそうだったが、俺は構わず続けた。妻が倒れてしまっても構わないとすら思った。そのくらいのことをこの女は仕出かしたのだから。

「本当は、『血が繋がっていない姑と同じ赤い瞳の子どもなんて生まれるはずがない』と君が思っていたからだろう」

「やめっ……」

「この国で赤い瞳を持つのは俺の母だけなのに、俺の母とは血が繋がっていないソフィラの瞳が赤かったから。だから君は怯えたんだ。自分がした非道な仕打ちで早死にした俺の母の呪いだとでも思ったかい？　生まれるはずがないと思っていた赤い瞳の子どもが生まれた、君はその恐怖を、ソフィラを憎んで虐げることで必死に誤魔化していたんだ」

俺の言葉は当たっていたのだろう。妻の全身は震えていて、もう立っているのもやっとの状態だった。それでも怯えたように俺を見つめた。

「最後だから無知な君に教えてやるよ。ソフィラの瞳が赤いのは、不思議でも何でもない。俺の母から与えられた学ぶ機会を放棄した無知なままの君は知らなかったみたいだが、他国で赤い瞳は、珍しくないんだ。そんなことは、多少知識のある使用人ですら知っていることだ。大方あの商人の親族にでも、赤い瞳の人間がいたんだろう。ただそれだけのことだよ」

妻は、瞳を見開いた。妻のその瞳は本来茶色だったはずだが、その色は濁り切っていて今はとてもその色には見えなかった。

この女は、ソフィラの瞳が赤いことなんかよりも、自分の瞳が濁り切っていることにもっと早く気づくべきだったのだ。

「まさか……そんな……。それじゃあ……ソフィラは……」

「ソフィラは、ただ瞳が赤いだけで何の汚点もない君の子どもだよ。君は『この国で赤い瞳を持つのは俺の母だけだから他国にも赤い瞳の人間はいない』という愚かな思い込みで、自分の子どもを意味もなく蹂躙《じゅうりん》したんだ」

「そんな……。そんなはず……。私は今までなんてことを……。だけど……だけど、そこまで分かっていたなら！　どうして……どうしてこんなことになる前に、教えてくれなかったのよ！　もし貴方が教えてくれていたなら、私はもっとソフィラのことをっ！」

「俺が何を言ったって、君はどうせ聞かなかったじゃないか。『ローズに婿をとればいい』というたったそれだけの助言さえ無視した君に、何を言ったって無駄だろう？」

「ローズに婿をとればいいだけって、何なのよそれ！　そんなことで良いなんてそんなの知らない！　聞いてないわ！　だったら私は何のために、あんなに必死に子どもを……」

「俺は確かに言ったよ。『男の子を産まなきゃ』と君は俺の話を聞いてもいなかったけどね。それに君が一般的な教養を学んでさえいればそんなこと聞かなくたって思い至ったはずさ。それにさっきも言ったけど、俺は君のことなんてもうどうでも良かったんだよ」

俺にとって、エミリ以外は等しくどうでも良かった。それがすべてだった。

だから何も学ぼうともしない妻のこともいつからか注意しなくなった。妻が俺の母にしていたことも見て見ぬふりをした。そんな妻の浮気にも興味がなかった。領地経営は、執事に丸投げした。


ましてや赤の他人である双子のことなんて、道端の犬と同じ程度の認識だった。


本当は俺の母が死んだ時に爵位も妻もすべて捨てて、すぐにエミリと一緒に暮らしたかった。

だけどローズは。間違いなく血の繋がった俺の娘であるローズだけは。

エミリより大切だと思うことは出来なかったけれど、それでもローズには幸せになってほしいと願っていた。

だからローズが優秀な婿をとるまでは、俺が爵位を守ろうと思っていた。実の娘を差し置いて、道端の犬に爵位を譲るなんてするはずがない。

それなのにローズは、ソフィラの婚約者だった子爵家嫡男のもとに嫁ぐと言い出した。

そんなローズに俺は失望した。

勝手なことをするローズは、俺の知らないところで勝手に幸せになればいい。ローズのことさえどうでも良いと思うようになるほどに、俺のローズへの失望は大きかったのだ。

だから今回のことは、むしろちょうど良かった。もはや沈みかかったスタンリー伯爵家に未練はない。俺はやっと真実の愛に生きることが出来るんだ。

「必要な資産を持って俺はこの家を出ていく。後は好きにすればいい」

「そんなっ。そんな自分勝手なこと……。それにスタンリー伯爵家にはもうそれほどの資産なんて残っていないじゃない！　残っている資産まで持っていかれたら、とても立て直しなんて……」

「その資産と引き換えに、ジャレットにはスタンリー伯爵家の血が一滴たりとも入っていないことは黙っていてやるよ。これでお前の願いが叶うんだ。安いものだろう？」

妻はその濁った瞳を真っ赤にして、叫んだ。

「しょっ、証拠がないわ！　ジャレットが貴方の子どもでないなんて証明出来ないでしょう？　外国の血が混ざっているからなんて理由よりも、お義母様の血が混ざっているからソフィラの瞳が赤いということを誰だって信じるはずよ！」

「君は本当に、呆れるくらい何も知らないんだね」

「……えっ……？」

「本当の親子じゃないかどうかなんて、鑑定ですぐ証明出来るさ。そういうスキルを持っている人間がいるからね」

「……なっ……。えっ……？」

俺に教えてやれることは、これですべて教えてやった。

壊れた機械のように動かなくなった怠惰で無知な女を置いて、俺はスタンリー伯爵家を後にした。


「エミリ！」

「グレン？　突然どうしたの？　今日は来る日じゃなかったよね？」

俺がプレゼントした平民には豪華すぎる家に住むエミリのもとに、俺は意気揚々とやってきた。

「すべて捨ててきた。これからは一緒に暮らそう」

エミリは、俺のその言葉に『嬉しい』と言って飛び上がると思っていた。けれど実際は、驚くほどに冷静だった。

「すべて捨てて、グレンはこれから生活していけるの？」

「あははっ。ありがとう。俺の心配をしてくれたんだね。でも心配ないさ。俺は伯爵だったんだ。仕事なんてすぐに見つかるさ」

「うーん。そんなに簡単じゃないと思うけどなぁ。でもこれからはグレンも大変なんだってことは分かった。この家も返した方がいい？」

「おいおい。何を言ってるんだ？　これから俺達は晴れてここで、一緒に暮らすんだろ？　金ならしばらく暮らすのに十分なくらいにはあるし、エミリは今まで通り何も心配しなくていいさ」

「そのお金は、グレンがこれから生きていくために必要なお金でしょ？　いくら何でもそんな大切なお金を、私のために使ってもらうことは出来ないよ」

「エミリ……。そこまで俺のことを……。すべてを捨ててでも君を選んで良かったよ」

俺は、エミリを抱きしめようとした。

「だって今までグレンは、私の夢を応援してくれるスポンサーとして、援助してくれてたでしょ？　伯爵じゃなくなるってことは、スポンサーでもなくなるってことだよね？　それなのにこれ以上のお金は貰えないよ」

だけどそんなエミリの言葉で、動きを止めた。

「スポンサー？　何を言ってるんだ？　……俺達は、恋人だろう……？」

「えっ？　私の恋人は、お芝居だよ。プロの女優になりたいの。男よりも食事よりも何よりも、私はお芝居が好き。そんなことは、グレンだって最初から知ってたでしょ？」

「確かにエミリは『主役をはれる女優になりたい』といつも言っていたけど。だけどそれは身分差のせいで俺と結婚出来ないから、強がっていただけだろ？」

「……何を言ってるの？　グレンは、私の夢をずっとそんなものだと思ってたの……？」

「もちろん芝居をしているエミリも好きさ。だけどもう芝居で寂しさを紛らわす必要なんてないんだ」

なんとなく噛《か》み合わない会話に焦りながらも、今からいう言葉でエミリは間違いなく喜んでくれる。俺はそれを確信していた。

「結婚しよう。エミリにとって一番の幸せを与えられるのが、この俺で嬉しいよ」

だけどエミリは、俺の愛するその美しい顔を、見たこともないほどに歪めた。

「私の幸せをグレンが決めるな！　結婚が幸せなんて誰が言ったの？　一番の幸せって何？　私の幸せは、私が決める！　私の幸せは、結婚なんかじゃない！」

そんなありえない返事に、俺は言葉を失った。

「私はお芝居が好き！　何よりも好き！　私の一番の幸せはお芝居をしている瞬間なの！　結婚なんかよりもずっとずっと大切なものが、私にはあるの！」

俺はすべてを捨ててエミリを、真実の愛を、選んだのに。

それなのに、俺は選ばれなかった。

それどころかスポンサー？　俺の真実の愛は、俺が捧《ささ》げた真実の愛は、相手にとっては、ただの……。

すべてを失った俺に出来ることは、ただ呆然と真実の愛の残骸を見つめることだけだった。

第８話　私の大切なもうひとりのお嬢様～使用人マリー～

私には、今までお仕えした大切なお嬢様がおふたりいらっしゃいます。

おひとりは、ソフィラお嬢様。そしてもうおひとりは、ソフィラお嬢様の姉であるローズお嬢様でした。

私は、ローズお嬢様がお生まれになった時から、専属メイドとしてずっとローズお嬢様にお仕えしておりました。

奥様は、ローズお嬢様が生まれてすぐの頃は、ローズお嬢様を大切にしておられました。

しかししばらくすると、次の男児を産むことに関心が向いてしまわれていたようでした。

そのためローズお嬢様の存在を……蔑《ないがし》ろ……いえ……、以前ほど大切だという気持ちを態度で示すことがなくなりました。

まだ三歳であるにもかかわらずローズお嬢様は、とても賢い方でした。

『女だから伯爵家の跡を継げない』という理由で母親から距離を置かれていることも、母親が祖母と不仲であることも、おしゃべりな使用人達の会話などから気づいておられました。

そして奥様は、大奥様がお倒れになってからは一層ローズお嬢様への関心が薄くなられたようでした。

「おばあ様は、私のことが嫌いなのかもしれないけど、私はおばあ様に会いたいの」

我儘《わがまま》なんて生まれてから一度も言ったことのないローズお嬢様に初めて懇願された私は、そのお願いを拒むことなんて出来るはずもなく、大奥様が追いやられた使用人部屋へとローズお嬢様をお連れしました。

その使用人部屋は、大奥様が少しでも安らかに過ごせるように、大奥様を尊敬する数名のメイドが出来うる限りに部屋を清潔にして、シェフのジョンが栄養のある美味しい食事を作り、庭師のトムが育てた明るい花がいつでも飾られていました。

奥様は、大奥様に必要最低限以下のメイドしかつけませんでしたが、ご自分は外国の商人とのお買い物に夢中でしたので、私達が奥様の目を盗んで大奥様の部屋を訪れることはそれほど難しくはありませんでした。

……それでも所詮、使用人部屋は使用人部屋なのです。私達がどんなに配慮しても、慣れない硬いベッドで一日中を過ごす大奥様は、その環境のせいもあり日に日に体調を悪くしていかれました。

奥様は、ローズお嬢様への関心がなくなったとはいえ、それでもローズお嬢様が大奥様とお話しになることを許しませんでした。そのため大奥様が儚くなる直前のこの時が、祖母と孫であるおふたりの最初で最後の会話となりました。

「私がローズを嫌い？　まさかそんなはずがないでしょう？」

その頃には体を起こすのもやっととなってしまわれていた大奥様は、苦しそうに、けれど慈愛に満ちたお顔でお答えになりました。

その大奥様のお言葉が、ローズお嬢様にとっては意外だったのでしょう。愛らしい丸いほっぺを真っ赤にして、大奥様のその赤い瞳を見つめました。

「でも、私は女だから、スタンリー伯爵家を継ぐことが出来ないから……」

「性別によって孫への愛情が減るわけがないでしょう？　男だろうと女だろうと関係ないわ。ローズは、大切な私の孫よ」

「だっておばあ様は、私が女だからお母様をいじめているって……」

「貴女が女だからスタンリー伯爵家を継げないことは、この国の法律に基づいた事実よ。だからスタンリー伯爵家をどう継続させていくかを、息子達は考えなくてはいけないわ。新たに男児を産むでもいいし、貴女に婿をとったっていい。だけどそれは、家族の愛情とは全く関係のない話よ」

ローズお嬢様は、その零《こぼ》れそうなほどに大きな茶色い瞳をウルウルと潤ませて、大奥様を見つめました。

「……私は、おばあ様に愛されているの？」

「愛しているわ。貴女は私の孫だもの。どんな貴女だって無条件で愛しているわ」

今まで決して口には出しませんでしたが、もしかしたらローズお嬢様は、それまでずっと

『家族の誰からも愛されていない』と思い詰めていたのかもしれません。

そのような不安が、祖母である大奥様から『愛している』と言われたことで溢れたのでしょうか？　ローズお嬢様は、ついにその瞳から涙を流されました。

「マリー。ねぇ、マリー」

ローズお嬢様と大奥様との対面の翌日に、大奥様に朝食を運んだ時に大奥様から話しかけられました。

「大奥様。いかがされましたか？」

「……使用人部屋に追いやられて、愛情を注いで育てたはずの息子はただの一度さえもお見舞いに来ない。そんな私の人生の最期は、他の貴族から見たら惨めなものかしら？」

その大奥様のお言葉に、私はとても驚きました。

大奥様が今までそんな弱気なことを、弱気で後ろ向きなことを、ご発言されたことなどなかったからです。

「でも私は自分の人生に後悔などしていないの。生まれてからずっと貴族として誇りを持って生きてきたわ。スタンリー伯爵家に嫁いでからも、早くに夫が亡くなってまだ未婚のグレンがスタンリー伯爵となった時も、私はいつだってスタンリー伯爵家を守るために当主を支えて生きてきた。私はそんな自分の人生が間違っていただなんて、決して思わない」

良かった、大奥様はやはりいつも通りの大奥様でした。

貴族としていつだって矜持《きょうじ》を持っていてまっすぐで正しくて、私達使用人にも公正に接して評価してくださる。病気になって使用人部屋に追いやられてさえ、その尊厳は失われることはない。大奥様は、私にとって唯一無二の貴族なのです。

「ただひとつ、嘆くことがあるとすれば。これからのローズの成長を見守ることが出来ないということだけ」

そうおっしゃった大奥様の顔はとても穏やかで、最後の最期に大奥様は貴族であることではなく、ローズお嬢様のおばあ様であることを選ばれたのだと、そう思いました。


「マリー。お願い。貴女がソフィラの専属メイドになってあげて。そしてどうかソフィラを助けてあげて」

奥様が、妹であるソフィラお嬢様を使用人と同じ部屋で暮らさせようとしていると知ったローズお嬢様は、私に言いました。

「ですが……それではローズお嬢様が……」

「……私は大丈夫よ。私は、きっと大丈夫。だって私は、おばあ様に愛されていたから。たったひとりだけでも私を愛してくれる家族がいた。……だから大丈夫。私は、きっと大丈夫。でもソフィラは、このままじゃ誰からの愛情も知らないままひとりぼっちになっちゃうでしょう？　だからお願い。マリーがソフィラを愛してあげて」

ローズお嬢様が私に懇願をしたのは、大奥様に会いたいと願われた時以来二回目でした。まだ幼いローズお嬢様が、丸いほっぺと茶色い瞳を真っ赤にして必死で言葉を紡ぐ姿を前にして、その願いを断ることなど私にはとても出来ませんでした。

大奥様が儚くなった際に、私と一緒に奥様の目を盗んで大奥様の世話をしていた使用人の数名がスタンリー伯爵家を退職しました。私だってローズお嬢様がいなければ、尊敬する大奥様へ心ない仕打ちをしたこんな家で働き続けたいとは思いませんでした。

使用人が一斉に何人も辞めた混乱が続いていたせいか、ローズお嬢様のお願い通りにソフィラお嬢様の専属メイドに立候補した私は、あっさりソフィラお嬢様のお世話係となることが出来ました。

それからのソフィラお嬢様との日々は、苦労もありましたが充実した日々でした。

私は、ローズお嬢様にお願いされたからではなく、ソフィラお嬢様を愛しました。

始まりはローズお嬢様からの懇願ではありましたが、ソフィラお嬢様にお仕えする私の気持ちに嘘偽りはひとつもなかったと、私はいつだって自信を持って断言することが出来ます。

「マリーとトムとジョンは解雇するわ」

ソフィラお嬢様のスキル判定の後で、奥様にそう宣言された時には、絶望しました。

『自分の未来に』ではありません。『ソフィラお嬢様の今後に』です。

「いくらソフィラのスキルが素晴らしいものだからって、まさかお母様がそこまでするだなんて思ってもいなかったわ。……だけど私が何とかするから。マリー達を路頭に迷わせることなんて絶対にしないから」

ローズお嬢様は、すぐに私に声をかけてくださいました。

「私達のことは、大丈夫です。きっと何とかなります。それよりもソフィラお嬢様の今後を思うと胸が苦しくて……」

「……私がソフィラを庇うとお母様を刺激してしまう……。これまではマリー達がソフィラを守ってくれたけど、どうにかして私がソフィラを助けなきゃ……」

ローズお嬢様は、決意を込めた瞳で呟いておられました。


翌日、ローズお嬢様が再びこっそりと私に声をかけてくださいました。

「マリー。これを。トムとジョンの分もあるわ」

私に渡されたのは、ソフィラお嬢様の婚約者となったルーカス子爵令息のご実家であるリトル子爵家との雇用契約書でした。

「どうしてこんなものを……」

ローズお嬢様がどうやってこんなものを用意したのか見当もつかなかった私は、とても驚きましたが、ローズお嬢様は優しく微笑むだけでした。

「私に出来ることは、これから何でもするつもりよ。だけどそれでもソフィラにとって嫁ぐまでの数年間は、きっととても辛い日々になるはずだわ。だからその分も、ソフィラがルーカス様に嫁いだその時は、どうか貴女達がソフィラの幸せを支えてあげて」

私達がリトル子爵家で働くことは、絶対に知られるわけにはいきませんでした。

もし奥様に知られたら、きっとどんな手を使ってでも妨害してくるでしょうから。そのためスタンリー伯爵家の誰にも、ソフィラお嬢様にもお伝えすることが出来ませんでした。

リトル子爵家のお屋敷で働き始めた私達三人は、またソフィラお嬢様のもとでお仕え出来る日が来ることを心から待っておりました。ソフィラお嬢様が一刻も早くスタンリー伯爵家から解放されて、リトル子爵家へと嫁いでいらっしゃるその日を待ちわびておりました。

「君達に引き抜きの話が来ているんだ」

リトル子爵家で働き始めて数年後のある日、ルーカス様に呼び出された私とジョンとトムは、その予想外の言葉に揃って目を丸くしました。

「……たかが使用人に過ぎない私達に？　引き抜きですか……？」

「本来はこういう話は当主である父からすべきなんだけどね。君達を採用すると決めたのは僕の一存だったから、今回の件も僕から話すよ」

ルーカス様は、いつもの穏やかな表情のままお話を続けました。

「ブラウン公爵家から、君達三人を引き抜きたいと依頼が来ている。君達にとってとても良い話だと思うよ」

公爵家？　どうして私達なんかに公爵家からそんなお話が？　疑問に思いましたが、誰も答えなど持ち合わせておりませんでした。それに、私達の気持ちは同じでした。

「大変ありがたいお話ですが、辞退させていただくことは出来ますでしょうか？」

「どうかこのお屋敷で働かせてください」

「ルーカス様の奥様となるソフィラお嬢様のいるお屋敷で働きたいのです」

私達の言葉に、ルーカス様は優しく微笑みました。

「君達にそれほど愛されているソフィラ様に、僕も会ってみたかったよ。スタンリー伯爵夫人は、婚約者である僕にさえソフィラ様を会わせることはなかったからね」

「会って、みたかった？　それは一体どういう……」

「僕とソフィラ様との婚約は解消されたんだ」

あまりのことに私達は言葉を失いました。

婚約が解消された？　どうしてそんなことに……。それでは婚約者のいなくなったソフィラお嬢様は……。まさかずっとあのスタンリー伯爵家で暮らさなくてはいけないのでしょうか……。あまりの事実に私達は絶望してしまいました。

「そんな顔をしなくても、大丈夫だよ。ソフィラ様は幸せになる。きっとそのために、君達がブラウン公爵家へ行くことも必要なのだろう」

いつもの穏やかな表情のまま、それでもルーカス様は断言されました。

理由は教えていただけませんでしたが、それでも私達は、ルーカス様のその確信めいた瞳を信じることにしました。

どの道、ソフィラ様がリトル子爵家に嫁ぐことがないのなら、働きやすい職場ではありましたが、このお屋敷でないといけないという理由はないのです。

「マリー！　トム！　ジョン！」

別れを告げたあの日より更に痩せてしまったソフィラお嬢様が、それでも六年前と同じ輝く笑顔でブラウン公爵家で働く私達に駆け寄ってきてくださった時には、私達三人とも思わず涙を流してしまいました。

良かった。本当に良かった。今日という日が迎えられて本当に良かった。

そう心から思いました。

現実ではソフィラ様をお守りするための行動が何も出来ないからと、ソフィラお嬢様の幸せを心で祈るだけの日々は、もう終わりです。

これからは、愛するソフィラ奥様が幸せに過ごせるように、私達がいつも近くでお仕えするのです。

第9話　僕の親愛なる婚約者〜元婚約者ルーカス〜

「ルーカス様！　どうして私との婚約を、解消してくれないのですか？」

婚約者であるローズ様は、僕が応接室に到着するなり切実な顔で必死に訴えた。

「婚約解消なんて普通はしないのに、ローズ様は僕に二回もそんなことをさせるつもりですか？」

「ですが！　私の実家であるスタンリー伯爵家は！　……今の状況では、きっと爵位を返上せざるを得ないと思います。政略結婚の意味はなくなります。そんな私と結婚してもルーカス様にメリットなんて……」

苦しそうに言葉を紡ぐ彼女を見て、もう何度も心の中で思っていたように、僕はまた『愛しい』と思った。

だから僕は初めてローズ様に、ずっと伝えたかった本心を伝えた。

「メリットなんていりませんよ。僕はローズ様が好きです。だから、君と結婚したいのです」

「……はっ!?　ルーカス様？　なっ、何をおっしゃって……」

突然の告白に、ローズ様は瞳を見開いて驚いていた。

「妹の婚約者である僕を突然訪ねてきて『ソフィラの幸せのために使用人を三人雇ってほし

い』と言い出した時には、なんて非常識な人だろうと思いましたけどね」

ローズ様と僕が初めて出会ったのは、もう六年も前になるのだろうか？　あの日も彼女は、今日と同じように切実で必死な顔をしていた。


「スタンリー伯爵家のご令嬢が？　もしかして婚約者になったソフィラ様かい？」

執事から先触れのない訪問者がいることを聞いた僕は、すぐに一度も会ったことさえない婚約者の名前を思い浮かべた。

「それがスタンリー伯爵家の長女であるローズ様とのことなのです。ご主人様も奥様も外出しておられますので、ルーカス様にご判断いただきたく……」

「分かった。会うよ」

「……よろしいのですか？」

「もし何か致命的なことがあるのなら、僕にはきっと視《み》えるはずだから」

「そうでございますね」

婚約を結んでいるとはいえ、スタンリー伯爵家との関係は決して良好とは言えなかった。

いくら我が家の方が格下だとしても、婚約を結ぶ契約の時でさえスタンリー伯爵はおろか、ソフィラ様本人でさえ同席しなかった。何よりもスタンリー伯爵夫人の傲慢な態度には、僕達家族全員が怒りを覚えるほどだった。

「子爵家に嫁ぐのすらも分不相応なほどに不出来な娘なの。だから好きなようにこき使って、惨めな思いをさせてやれば良いわ」

スタンリー伯爵夫人が平然と言い放ったその言葉には、怒りを通り越して唖然《あぜん》とした。

リトル子爵家を格下に見ていることはそれまでの言葉でも歴然としていたけれど、それに加えてとても実の娘に対するものとは思えない暴言だったからだ。

それでも格下である我が家から婚約の解消など言えるはずもなく、僕は顔を見たことすらない令嬢と婚約をした。

そんなスタンリー伯爵家の長女が先触れもなく僕に会いに来るだなんて。

一体どんな用件なのだろうと、ほんの少し面白がるような気持で僕は応接室に入った。

「突然申し訳ございません。お初にお目にかかりますスタンリー伯爵家のローズと申します」

そこにいたのは、僕が今まで見た誰よりも切羽詰まった顔をした少女だった。『笑ったらきっと可愛いのに』思わずそんなことを考えた自分に驚いた。

「初めまして。ローズ様。リトル子爵家のルーカスです。……とりあえず紅茶でもいかがですか？」

いきなり用件を聞くのも不躾《ぶしつけ》かと思い、僕はとりあえず紅茶を勧めた。けれどローズ様はまっすぐに僕を見て、いきなり用件を切り出した。

「ルーカス様。どうか婚約者であるソフィラの幸せのために使用人を三人雇っていただけないでしょうか？」

彼女が何を言っているのか、さっぱり理解が出来なかった。

楽しい冗談だと笑うべきなのか？　格下だからと馬鹿にしているのかと怒るべきなのか？

それでも、ローズ様の顔があまりにも切実で必死だったので、僕は彼女の願いを理解したいと思った。

「スタンリー伯爵家で働くソフィラ様専属の使用人三人の賃金を、リトル子爵家で負担してほしいということですか？」

「いえ！　そんな！　まさか違います。いくら何でもそんな非常識なことをお願いしたりはしません！　あっ！　……いえ、突然こんなお願いをして十分非常識なことだとは分かっています。でも……」

「ローズ様。お力になれるかは正直なところ分かりませんが、まずは事情を聞かせていただけませんか？」

少しでも彼女の心が落ち着くように、ゆっくりと言った。

ローズ様は、僕の目を見て、そして一息ついて話し出した。

「……母が解雇しようとしているスタンリー伯爵家の使用人が三人おりまして……。彼らは、ソフィラにとってなくてはならない存在なのです。……もし彼らが路頭に迷うようなことがあればソフィラは、ソフィラの心は、きっと壊れてしまいます。だから……」

ローズ様の説明に状況は理解出来たが、納得がいかなかった。


「だから、彼らの新しい雇用先をまだ十三歳のローズ様が必死で探している、と？」


まだ十三歳に過ぎない何の力もない少女が？　使用人三人の勤め先を探している？

「はい。でも私には伝手なんかありませんし、リトル子爵家であれば将来ソフィラが嫁いだ時にまた彼らと再会出来ると……。そう思ったら体が勝手に動いてしまいました。突然のご訪問、本当に申し訳ございません」

言いながら、自分のしている行動がいかに非常識なものなのか改めて気づいたのだろう。ローズ様は顔を赤くして俯いた。

確かにどう考えたって妹の婚約者の家に先触れもなく単身で訪れて、使用人を三人も雇ってほしいと直談判《じかだんぱん》するなど、普通はありえないだろう。

だけど、ローズ様が、純粋に妹のためだけに行動していることが分かったから。あまりに必死な顔で、切実に僕を見つめるから。そんなローズ様の『笑った顔が見たい』と思ってしまったから。

だから、僕はスキルを使うことも忘れて、即決をしてしまった。

「分かりました」

「……えっ？」

「その三人を雇います。いつからが良いですか？」

「そんなに簡単に？」

「貴女の望む答えではなかったですか？」

「いえ！　いいえ！　私の希望通りの答えです！　……でも本当にいいのですか？」

「その三人が信頼出来ると、貴女に保証が出来るのなら」

「保証します！　彼らは絶対に信頼出来ます！　ずっとソフィラを守ってくれていたんです。あの家でずっとソフィラを。だから彼らなら絶対に大丈夫です。あのっ、本当にありがとうございます！　ルーカス様！　本当に本当にありがとうございます」

ほっとしたのだろう。僕が訪れた時からずっと固く結んでいた手の緊張を緩めて、安心したように初めて見せてくれたローズ様の笑顔は、僕の想像通りにとても可愛らしかった。

「六年前のあの時には、本当にありえないことをしたという自覚は今でももちろんあります。でもとにかく必死で……」

ローズ様も僕と同じように初めて会った日のことを思い出していたのだろうか、恥ずかしそうに俯いた。

「ええ。話してみるとただ必死なだけなのだと分かりました。妹のために、常識も何もかも吹き飛ばして必死で行動しているだけだと。だから、あの時の僕には、君の願いを叶えるという選択しか出来なかった」

「マリー達のことは、本当に感謝しています。ですが……私達の婚約は……」

「僕達が婚約を結んだ理由は、ソフィラ様を本当に愛する人と結婚させるため、でしたよね？」

「……はい。……ソフィラには愛する人がいると知って……だから……」

「また突然僕を訪ねてきて『ソフィラの幸せのために婚約を解消してほしい』と、あの時も必死でしたね」

「……はい……」

「いきなり使用人を新たに三人採用すると言った僕に驚きながらも、家族は僕の判断を認めてくれました。そして僕が採用した彼らは、誠実にとても良く働いてくれた。だからこそスタンリー伯爵夫人からの『妹との婚約を解消して姉と再婚約させる』というありえない通達を受け入れた僕の選択を、家族はまた認めてくれました」

「子爵家の皆様にもご不快な思いをさせて申し訳ございませんでした。……まさか母があんな風にお伝えするだなんていくらなんでも思ってもいなかったんです……」

「僕は嬉しかったんですよ。たとえ妹の幸せのためだとしても、ローズ様が僕に『私と婚約してほしい』と言ってくれたことが」

「……ルーカス様……？」

「だから、婚約は解消しません」


「ルーカス様。先触れは受け取っていないのですが、スタンリー伯爵家のご令嬢がいらっしゃっておられまして……」

数年ぶりの事態に戸惑っている執事に、僕は微笑んだ。

「分かっているよ。ローズ様だろう？」

「あぁ。視えていたのですね」

執事は安心したように呟いた。

応接室に入った僕の目に飛び込んできたのは、初めて会ったあの日よりも疲れて見えたけれど、もう少女とは呼べないほどに成長したひとりの美しい女性だった。

だけど、彼女は幼かったあの日と同じように、今日もまた切実で必死な顔をしていた。

「ルーカス様。また非常識なことをしてしまい申し訳ございません」

「ローズ様。お久しぶりです。お元気でしたか？」

何の気のない当たり前の挨拶なのに、彼女はほんの少し戸惑った顔をして顔を伏せた。……

もしかして元気ではないのだろうか？

焦燥の滲《にじ》む顔に心配になりながらも、そんなことを深く聞けるような関係ではない僕は、以前と同じように彼女に話しかけた。

「とりあえず紅茶でもいかがですか？」

ローズ様も以前と同じように、まっすぐに僕を見ていきなり用件を切り出した。

「ルーカス様。どうか婚約者であるソフィラの幸せのために、ソフィラとの婚約を解消していただけませんか？」

ローズ様のその言葉に、僕はたまらなく驚いた。

ローズ様が、今日我が家を訪問することは知っていた。だけど、まさか用件がそんな内容だなんて想像もしていなかったから。

だって、君は今までソフィラ様が嫁ぐその日のためだけに、あの家で彼女を守り続けてきたのだろう？

それなのにその希望を、ソフィラ様が嫁ぐという希望を捨てるような願いを、なぜ今になって……。

「マリー達からスタンリー伯爵家のことは聞いています。ソフィラ様がリトル子爵家に嫁いでいらしたその時には、今まできっと辛かった分も尽くしたいと彼らは言っていました。それなのになぜローズ様が、そんな願いを……」

焦燥したローズ様の様子に少しでも彼女の心が落ち着くようにと、ゆっくりと言った。

ローズ様は、いつかと同じように僕の目を見て、そして一息ついて話し出した。

「ソフィラには、他に愛する人がいるのです。だから私はソフィラが望まないのなら、この婚約を解消してあげないと、と……。……もっ、申し訳ございません。自分がどんなに勝手で酷いことを言っているのか、今やっと気づきました。ソフィラに愛する人がいるのなら何とかしてあげたいと……また勢いで行動してしまって……」

ローズ様は、以前と同じように顔を赤くして俯いた。

そんな彼女を、僕は『やっぱり可愛い』と、そう思ったんだ。

だからそれがどんなに非常識でも、やはりその願いを叶えてあげたいと。だけど……。

「ですが、それでも家同士の婚約を、僕の一存でなかったことには……」

「あのっ。本当に勝手だとは分かっているのですが……。わっ、私ではダメでしょうか？」

「何がですか？」

「婚約者です」

「……えっ？」

「ソフィラの代わりに私がルーカス様の婚約者になってはダメでしょうか？」

「ローズ様が、僕の婚約者に？」

「はい。どうか私をルーカス様の婚約者にしてください」

顔を真っ赤にして僕を見つめて紡ぐローズ様の言葉を嬉しいと、単純に嬉しいと思ってしまった。

そしてやっと気づいた。あぁ、僕は初めて出会ったあの日から、ずっとローズ様のことが好きだったんだ。

妹のために自分に出来る精一杯の行動をする彼女が。彼女の必死で切実な瞳が。あぁ、僕はずっと好きだったんだ。

「分かりました」

「……えっ？」

「ローズ様と婚約をします」

「そんな簡単に？」

「貴女の望む答えではなかったですか？」

「いえ！　いいえ！　私の希望通りの答えです！　でも……ルーカス様は、本当にそれで良いのですか？」

「貴女が後悔しないなら」

「後悔なんて絶対しません！　だから……。ルーカス様。本当に、本当に……ありがとうございます」

噛みしめるように言いながら、ほっとしたように笑うローズ様を、僕は『やっぱり可愛い』

と思ったんだ。


「スタンリー伯爵家の爵位が返上されたら、私はただの平民になります」

ローズ様が今日、僕に婚約解消の直談判をしに来ることは視えていた。

それでも、僕はローズ様を手放す気はなかった。

「希少な『癒し』のスキルの使い手であれば、誰にも反対されません」

「……確かに、特殊なスキルを持つ平民が貴族と結婚した、という例はあります。……でも……。私には『ミラー』がかけられています」

「あぁ。ソフィラ様のスキルですね？」

「はい。……私は、スタンリー伯爵家でソフィラを虐げていました。だからその報いが返ってくるのは当然なんです。妹を傷つけた私が不幸になることは、当然のことです。……ですからそんな私と結婚をしたら、きっとルーカス様にもご迷惑がかかります」

苦しそうに、だけど当然のように言うローズ様に、僕はきっぱりと告げた。

「『ミラー』には、きっとそんなに単純なスキルではありませんよ」

「……えっ？」

「ローズ様がしたことは、すべてソフィラ様を守るために必要だったからでしょう？」

「……どうして……」

ローズ様は驚いたように僕を見つめた。

「分かりますよ。妹のためなら常識すら覆して必死で行動する貴女が、その妹を虐げるはずがない」

だけど、ローズ様はすぐに首を振った。

「いえ！　私はソフィラを虐げたんです！　使用人達もいる前で、いつもソフィラを罵りました」

「ローズ様が庇うと余計にソフィラ様が虐げられると、分かっていたのでしょう？　だからせめて貴女が人前で罵ることで、他の者達の暴力から守っていたんだ。伯爵令嬢である貴女がソフィラ様を罵っている間は、使用人がソフィラ様に暴行することは出来ませんから」

「……ソフィラの食事を床に捨てて、自分の食べ残しを食べさせました」

「ソフィラ様の食事はとても食べられるようなものではなかった。伯爵夫人の見ている前で自分の食事を分け与えるには、そうするしかなかったのでしょう？」

「……『子爵夫人だなんて分不相応だ』と嘲笑って、ソフィラの婚約を解消させました」

「だからそれも、ソフィラ様のためでしょう？　婚約の解消を伯爵夫人に納得させるためには、それも虐待の一部だと思わせる必要があった」

「……どうして……」

ローズ様は驚いたように僕を見つめた。

「分かりますよ」

だって、僕は君の必死で切実なその行動力を愛しているのだから。

だけど、ローズ様はやっぱりすぐに首を振った。

「……ですが……。……理由なんて関係ありません！　私がソフィラにしたことはすべて虐待です。だから私は、その罰を受けなければいけません」

あまりに頑なその態度が、僕には納得出来なかった。

「どうしてですか？」

「……えっ？」

「どうしてローズ様は、そんなに自分を蔑ろにするのですか？」

「私は別に……」

「ソフィラ様が産まれた時、貴女はまだ三歳だった。そんな幼い子どもに何が出来ますか？　それでもローズ様はソフィラ様を守ろうとしたんでしょう？　自分に出来る精一杯で、貴女はいつだってソフィラ様を守ろうとしていた。振るいたくもない言葉の暴力を振るい、自分の食事を分け与え、愛してもいない格下の男に嫁ごうとまでした。確かにソフィラ様は、それで救われたかもしれません。でも、それではローズ様は？　貴女の幸せはどこにあるのですか？」

そうだ。僕はずっと疑問に思っていた。そして納得出来なかった。

どうしてローズ様は、自分を犠牲にしてまであんなにも必死にソフィラ様を守ろうとしていたのだろうか。ただ妹だという理由で、そこまで大切に思えるものなのだろうか？

しかもマリー達は、ローズ様はソフィラ様が十歳になるまでソフィラ様のことは、陰からこっそりとしか見たことがなかったと言っていた。

それなのになぜ。なぜ彼女は、ただ血が繋がっているからという理由だけで、妹の幸せのためにそこまで出来るのか。僕はずっと疑問に思っていた。

「私は……私は……大丈夫なんです。……だって……私は、おばあ様に愛されていたから」

「……おばあ様？」

「たったひとりだけだとしても、私を愛してくれた家族がいました。私はあの時に、一生分の愛情を受け取ったんです。だから私は、もう誰からも愛されなくても大丈夫なんです。だから私も、家族の中で私だけでも、ソフィラを愛してあげたかった。だってソフィラは、私の大切な妹だから」

そう話すローズ様の瞳には、一点の曇りもなかった。

自分が愛されていたから？　だから愛されていない妹を愛してあげたかった？　自分はもう十分だから？　そんな、そんな切実な愛情があるだなんて。

「……たとえそれで、自分がソフィラ様から憎まれたとしても？」

「はい。ソフィラは、他の家族と同じように私のことも憎んでいると思います。でもそれでいいんです。スタンリー伯爵家のことなんて忘れて、ソフィラには幸せになってほしい」

ローズ様は、目の前の女性は、なんて悲しいのだろう。

たったひとりの妹のためだけに生きてきた彼女は、その妹から憎まれていると思っている彼女は、それでも妹が幸せならそれで良いと言い切る彼女は。あぁ、だけど、なんて愛しいのだろう。

「ソフィラ様を守るためだけに必死で行動したローズ様には、今までソフィラ様のために尽くした分だけ幸せが返ってきます。それこそがソフィラ様がかけた『ミラー』なのだと、僕はそう思いますよ」

「そんなはず……。だって私は……私がソフィラを虐げたのは、紛れもない事実なのに……」

「だから『ミラー』は、きっとそんなに単純なスキルではありませんよ。ソフィラ様を心から愛して行動した人間に、そんな仕打ちが返ってくるはずがありません。『ミラー』とは、単純な事実ではなく、心に基づいて真実が返ってくるものだと、僕は思います」

「……どうして……。どうしてルーカス様は、そんなに確信を持って言えるのですか？」

「僕のスキルも、ローズ様のスキルと同じくらいには希少なんですよ？」

「ルーカス様のスキルですか？」

「『予知』のスキルです」

「……えっ？」

「いくらなんでも十三歳の息子が使用人三人を即日で採用するだなんて、普通なら認めるはずがないじゃないですか。僕のスキルがあったから、家族は僕の選択を信じてくれたんです。まあ、あの時はスキルを使わずに、選択したんですがね」

「……私はルーカス様のスキルすら、知りませんでした……」

「今までのローズ様は、いつだってソフィラ様のためだけに必死でしたからね。ソフィラ様が幸せになった今、今度こそご自分のために生きてみてもいいのではないでしょうか？」

「……私が……こんな私が……幸せを願っても良いのでしょうか？」

「ソフィラ様も、ローズ様の幸せを願っていますよ」

「……そんなはず……」

「視えたんです」

そうだ。僕には視えたんだ。

ローズ様が僕と結婚する未来が。

僕のスキルは、自分の人生において重要となる場面が視えるというものだった。ローズ様との未来が視えた時には思わず手を握った。そしてその未来が決して変わらないように、鍛錬した力でその場面を更に長く視たのだ。

「僕と結婚をしたローズ様宛に、ソフィラ様から書簡が届きます」

「……ソフィラから……？」

「愛する夫と義妹の傷痕を『癒し』のスキルで癒してほしいと。『癒し』のスキルは希少ですが、唯一ではありません。憎んでいる相手に、依頼する必要がありますか？」

「……私は、もうソフィラに会うことは叶わないと思っていました。ソフィラには一生憎まれたままだと。それでもソフィラが幸せだったら、それでいいと。だけど私は、私はまた……ソフィラと会うことが……出来るのですか？」

「その時には、ソフィラ様を守るために辛い演技をする必要はありませんね」

「……そうですね。そんな日が……そんな日が……本当に来るのなら……。私の十六年間は……。ソフィラが生まれてからの私の人生は、すべて報われると……。そう、思います」

　涙を浮かべて言葉を紡ぐ、そんなローズ様を見て、僕は自分の予知すらも忘れて彼女に懇願した。

「その時に、ローズ様の隣にいたいという僕の願いも叶えてはくれませんか？」

「……もう答えは分かっているのでしょう？」

「えっ？」

「だってルーカス様の『予知』で、私は貴方と結婚をしていたのだから」

「あっ。ははっ。そうですね。ローズ様。貴女は、僕と結婚をするのです」

「ルーカス様は、平民の私でも、妹を虐げていた私でも、それでも良いと言ってくださいました。私は今までソフィラの幸せのことだけを考えてきました。ですが、どうかこれから私に、ルーカス様のことを教えてください。……もっと、ルーカス様のことを知りたいのです」

「スキルを使わなくても断言出来ます。ローズ様は、僕と必ず幸せになれます」

僕は自信を持って言い切った。

幸せになれる。ローズ様となら。いや、今でさえ。この瞬間でさえ、すでに幸せなんだ。

だからこそ、ローズ様のことも幸せにする。少なくとも、『一生分の愛情を貰ったからもう十分』だなんて一見幸せそうに見えて酷く悲しい言葉は、二度と言わせないように。

僕は彼女を愛するんだ。生涯ずっと。一生かかっても伝えきれないほどに、ずっと。


それから、もうひとつ。視えた未来があるけれど、きっと僕がそれをローズ様に話すことは生涯ないだろう。

数年後、ひとりのくたびれた中年男性がこの屋敷にローズ様を訪ねてやってくる。執事は彼を追い返そうとしたけれど、僕はローズ様には告げずに応接室でその男性と対峙《たいじ》する。

「貴方が、今世間を騒がせている元スタンリー伯爵を騙《かた》った偽物ですね？」

「違う！　俺は本物だ！　本物のスタンリー伯爵なんだ！」

「そう言ってスタンリー伯爵家を訪れたけれど、誰も貴方が本物か偽物か判別出来なかった。唯一屋敷に残っていた家族である現スタンリー伯爵のジャレット様でさえ」

「あいつはっ！　あんな奴は息子じゃないんだ！　だから！」

「ええ。ジャレット様は貴方の息子ではありませんね。血縁関係を鑑定するスキルでそれが証明された。だから、貴方は偽物だと断定されて、スタンリー伯爵家を追い出されたのでしょう？」

「違う！　だから、ジャレットが！　あいつこそが偽物なんだ！　道端の犬にスタンリー伯爵家を継ぐ資格なんかないんだ！」

「スタンリー伯爵家でもその支離滅裂な主張をして、大声で騒いだので警邏《けいら》を呼ばれたのでしょう？　不審者について国中で話題になっていますよ」

「だから俺は、俺がスタンリー伯爵だと証明するために、ローズに会いに来たんだ！」

「本当に支離滅裂ですね。なぜそこでローズが出てくるのですか？」

「ローズとの血縁を鑑定してくれ！　そうしたら俺がスタンリー伯爵であることが証明出来る！　俺こそがスタンリー伯爵で、ローズは世界でただひとりの俺の娘なんだ！」

「貴方とローズは会わせません。それにそんなことをしても無意味ですよ」

「なんだと⁉」

「たとえ本当に貴方とローズの血縁関係が証明されたとしても、ローズが不義の子どもだと世間にそう思われるだけです」

「なぜだ！」

「なぜって、元スタンリー伯爵がジャレット様に家督を譲ったことは紛れもない事実ですから。それなのに、ジャレット様が元スタンリー伯爵の子どもではないなどと、ありえないでしょう？」

「それは！　あの時は、どうでも良いと思ったんだ！　スタンリー伯爵家も何もかもどうでも良いと！　だから、だから俺は道端の犬に家督を……」

「そんな貴族はいませんよ」

「……はっ？」

「妻の不貞の子どもだと分かっているのにそんなことをする貴族はいません。貴方は最初からジャレット様との血縁を鑑定することを拒んだ。そして血縁関係がないと断定されると『ジャレットは妻の不義の子だ』と騒ぎ出した」

「……」

「そんな貴族はいないんですよ。貴方がジャレット様を自分の子どもだと信じていて家督を譲ったというならまだしも、自分の子どもではないと知っていたなんて。そんなことは、貴族としてありえないんです。だから、そんなありえない主張をする貴方を、世間は誰も信じません」

「……ローズに、ローズに会わせてくれ。俺はずっとローズを大切にしてきたんだ。だからローズなら俺を助けてくれる」

「大切にしていた？」

「そうだ！　俺は、ローズを大切にしていた！」

「では、まだ十三歳だったローズが家族の誰にも助けを求めることすら出来なくて、たったひとりで決死の思いでこの屋敷を訪れた時、父親だと主張する貴方は何をしていたのですか？」

「……十三歳のローズ？」

「貴女がローズの父親だと主張するのなら、スタンリー伯爵家の屋敷でたったひとりソフィラ様を守っていた娘にどうして手を差し伸べなかったのですか？」

「違う！　あの頃は、俺は、間違っていたんだ！　真実の愛なんかじゃなかった！　俺が一番大切にすべきだったのは、実の娘であるローズだったんだ！　だから……」

「ローズの口から父親の話が出てきたことは一度もありません。だから、たとえ貴方が偽物だろうと本物だろうと、僕がローズの父親を助けることはありません。だって、彼が苦しんでいるローズを助けたことは、ただの一度もなかったのですから」

「……そんな……」

「でも、大丈夫ですよ。貴方がもしも本物の元スタンリー伯爵であるのならば、ソフィラ様の『ミラー』がかかっているはずですから。だから大丈夫です」

「あんなもの！　あんな呪いのスキルのせいで俺は、こんな……」

「『ミラー』は呪いのスキルなんかではありません。だから、貴方が一度でも誰かを助けたことがあるのなら、きっとそれが返ってきます」

「俺が？　俺は、今まで誰かを……」

「少なくとも僕もローズも貴方に助けていただいたことはないので、貴方を助けることはありません」

「俺は、今まで誰かを……」

第10話　あの日の再現～双子の兄ジャレット～

『いいえ。欲しいのは家族からの愛情だけなので、あなたのそれはいりません』

ソフィラが、その圧倒的なスキルと共に侯爵家のパーティーで放ったというその言葉を聞いた時に、僕は思わず笑ってしまった。

あぁ。ソフィラ。やっぱり君には、僕だけが心の支えだったんだね。

結婚してもなお、君が求めていたのは本当の『家族』である僕だったんだ。

そんなソフィラなら、きっと僕を助けてくれるよね？

僕が君を助けたことは一度もなかったかもしれないけれど、それでも僕だけが君に優しい言葉をかけてあげた。

だから君の希望だった僕を、僕の今の境遇から、君なら救ってくれるのだろう？


「伯爵が、資産を持って出ていった？」

泣きじゃくるママから聞かされたことが信じられなくて、僕は聞き直した。

だけどママは、泣いているだけで詳細を話そうとはしてくれなかった。

どうしてだ？　スタンリー伯爵家がこんなに大変な時に、どうして父が大事な家族を見捨てるようなことをするんだ？

だって僕は、父にも愛されていたはずなのに。

確かに父は、僕が『パパ』と呼ぶことを許してはくれなかった。この屋敷で唯一、僕とソフィラへの態度が同じだった。

……僕とソフィラを等しく一切無視していた……。

だけど僕へのそれは、愛情ゆえだと思っていた。ママがあまりに僕を溺愛するから。だから僕が驕《おご》り高ぶってしまわないように、バランスをとるために父はあえて僕に、厳しく接しているのだと信じていた。

一度も目が合ったことすらないのだって、愛情ゆえだとそう信じていた。

それなのに、領地経営をすべて担っていた執事が逮捕されたこの大変な時期に、伯爵である父がスタンリー伯爵家を捨てた？　嘘だ。そんなはず。いくらなんでも領民を守るべき当主が、そんな無責任なことをするはずが……。

「うっ、うっ。だけど……うっ、ジャレットが、うっ、伯爵になれるわ。うぅっ。私のジャレットが、伯爵に……うぅっ。良かった……うっ、ジャレッ……。おめで……。うぅっ」

ママは泣きながら、まるで壊れた機械のように同じことを繰り返し言っていた。

こんな状態の伯爵家で当主になったところで、真っ暗な未来しか見えないことは分かり切っているのに。

国からは再発防止の監視目的で、官僚がひとり送られてくることになっている。僕には『経営』のスキルがあるからその官僚と協力しながらだったら、財政を立て直すことが出来るかもしれない。

だけどその元手となる資産は、あろうことか伯爵である父が持って逃げてしまった。

それだけではなく、ママが今まで行ってきた非人道的な所業のせいで、スタンリー伯爵家の評判は地に落ちていた。

社交界でこれまでのママからソフィラへの虐待が明らかになると共に、過去に辞めた使用人達の証言と併せてママがした祖母への仕打ちも一気に世間に広まっていた。

実の娘に凄惨な虐待をし、夫の母親を使用人部屋に押し込んで殺した伯爵夫人。こんな状態のスタンリー伯爵家に手を貸してくれる貴族なんて、もはやどこにもいなかった。

だけどソフィラなら。ブラウン公爵夫人となったソフィラなら。スタンリー伯爵家で唯一の味方だった僕を、ソフィラは自ら進んで助けるはずだ。

資産の確保と、社交界での評判の回復。

そのどちらも今のソフィラになら、きっと簡単に出来るだろう。


「ソフィラ。久しぶりだね」

『会いたい』という僕からの手紙にソフィラは応えてくれて、僕はブラウン公爵家でソフィラと再会した。

半年ぶりに会ったソフィラは、スタンリー伯爵家を出ていった時とは見違えるように変わっていた。男の僕でも分かるほどパサパサだった髪は、艶やかに輝いていた。痩せっぽっちで貧相だった体は、丸みを帯びて柔らかくなっていた。

何よりその表情が。同席するブラウン公爵に向けるその表情が、僕が今まで見たこともないほどに穏やかなものだった。

「ジャレット様。お久しぶりです」

「そんな他人行儀な。昔みたいに『お兄ちゃん』と呼んでくれていいんだよ？」

「ありがとうございます」

御礼を言ったソフィラの顔がとても優しかったから、僕は安心した。

そしてママに溺愛されている僕でさえ伯爵家で出されたことのない高級な紅茶や美味しいお菓子でもてなされたことで、僕は優越感に浸った。

やっぱりソフィラにとっての家族とは、唯一の味方である僕だけのことなんだ。

すっかりリラックスして雑談をしている流れで、僕はソフィラにずっと気になっていたことを聞いた。

「ねえ？　ソフィラ。君は、スタンリー伯爵家でスキルを試すことはママから禁止されていただろう？　……僕はもちろんそれは可哀想だと思っていたけどね……。それなのにスタンリー伯爵家を出ていくあの日にスキルを使えたということは、隠れてどこかでスキルを試していたのかい？」

「私が伯爵夫人の命令を破ったのは、あの日だけです。それまでは一度だって、どんなスキルか確認することも含めて、スタンリー伯爵家のお屋敷の中でスキルを使ったことはありません」

「嘘だ。そうでなきゃあんなにすぐにスキルを使えるはずがない」

「『夢』の中で鍛錬していました。伯爵夫人からの命令は、『この屋敷でたった一度でもスキルを使うことは許さないから』というものでしたから」

「……ゆめ……？」

何をわけが分からないことを言ってるんだ？　ソフィラは僕を馬鹿にしているのか？　思わず声を荒らげそうになったけど、ソフィラの言葉は続いていた。

「義妹であるレインのスキルなんです。とても素晴らしいとは思いませんか？『夢』の中で鍛錬したことが、現実の自分の経験値として蓄積されるんです。だから私は、マナーもスキルもすべて『夢』の中でブラウン公爵家の皆様から、学ぶことが出来たんです」

まさかブラウン公爵の妹のスキルが、そんなにすごいものだったなんて！

ちっ。どうして僕のスキルは平凡なんだ。

特別なスキルは、あんな女やソフィラなんかではなく、ママに愛されている僕にこそ相応しいはずなのに。

「いや、だけど！　屋敷から出ることを許されていなかったソフィラがレイン嬢と初めて会ったのは、ブラウン公爵と結婚した後だろう？　そもそもブラウン公爵との結婚が決まったのだって、屋敷を出る少し前なのに。そんなに短い時間で鍛錬出来るはずがないじゃないか」

思い浮かんだ僕の疑問は、至極真っ当なものだったはずだ。

それなのに、ソフィラはブラウン公爵とふたりで笑い合った後で、僕にさっきまでと全く同じ、ただ優しい顔を向けた。

「内緒です」

なんだ？　それは。ソフィラにとって唯一の大切な家族である僕に、生意気にも隠し事をするだなんて！　イラついた気持ちになった僕は、もう雑談は止めてソフィラに本題を話すことにした。

「ねえ？　ソフィラ。君の家族である僕は、君を愛しているよ。だから僕を、スタンリー伯爵家を、助けてくれないかい？」

僕はソフィラに、この世界でたったひとりの双子の妹に、スタンリー伯爵家の現状を話した。

だからこれで救われるはずだった。

だって見返りに、ソフィラが欲しいものを、家族からの愛情を、僕は与えることが出来るのだから。

だからこれでスタンリー伯爵家は……ママと僕は……救われるはずだった。

それなのに……。

「ごめんなさい。私にはジャレット様を助けてあげられるような力はないんです」

ソフィラの口から出てきたのは、信じられないことに否定の言葉だった。

それもソフィラは、申し訳なさそうには見えるけどどこか繕ったような顔をしていて、僕は信じられなかった。

「はっ？　何を言って……。そんなはずがないだろう⁉　公爵夫人となったソフィラが僕達を助けられないなんて、そんなはずはない！　僕がこんなに困っているのに、初めて助けを求めたのに、力を貸してくれないなんて酷いじゃないか！」

あまりのことに思わず怒鳴った僕を、それでもソフィラは優しく見つめていた。

「ジャレット様。スタンリー伯爵家のことはとても残念だと思います。私に力がなくて助けてあげられなくてごめんなさい。でも安心してください。私がいます。私だけはいつだってジャレット様の味方ですから」

何を言ってるんだ、こいつは？　そんな上辺だけの言葉で僕が救われるはずがないだろう？

だいたい力がないだなんて、公爵夫人のくせにそんなはずがないじゃないか。

今は、僕より圧倒的に恵まれた環境にいるくせに！　申し訳なさそうな顔も、嘘くさい優しい言葉も、そんなものいらない。そんなものいらないから、助けてくれ。

助けられるだけの力はあるはずなのに、どうして助けてくれないんだ！

……いや……。違う……。これは、再現だ……。

これは、六年前の……僕がソフィラの求めた助けを『面倒くさいな』と思って切り捨てたあの日の……。


立場が逆転した……これはあの日の……再現だ……。


今日のソフィラの台詞も、その表情も、すべては六年前のあの日にソフィラを見捨てた、僕のものだった。

僕達は瞳の色は違うけれど、顔は確かに似ていた。

だから、本当にこれは、あの日、初めて双子の兄に助けを求めたソフィラが見た、その顔だったんだろう。

それは、表面を取り繕っているだけで温もりのない、仮面のような顔だった。

やっと分かった。初めて気づいた。

……あの日、僕は自分がソフィラを見捨てたと思っていた。

そしてそれはソフィラには気づかれていないと。ソフィラにとって僕は、唯一の味方であり優しい家族のままだと思っていた。

だけど、違った。

あの日、ソフィラも僕を見捨てたんだ。

『お兄ちゃん』への期待も希望もすべて捨てたのは、ソフィラの方だったんだ。

「大丈夫ですよ。私だけはジャレット様の味方ですから」

その言葉が、その顔が、心に沁みるはずなんてなかったのに。

それが、希望になるはずなんてなかったのに。

その優しい言葉とは裏腹に、助ける力はあるのに助けるつもりはないんだろうということが、はっきりと伝わってきた。

僕は絶望した。きっとあの日のソフィラと同じように。


絶望しながら、メイドに案内されてエントランスに向かっている途中で、顔に傷痕のある女性とすれ違った。

「……ブラウン公爵の妹？」

思わず声に出してしまった僕に、彼女は顔を上げた。

「……ソフィラお姉様のお兄様？」

彼女も僕の顔を見て、思わずというように声を出していた。

初めまして、と言おうとして古い記憶が蘇《よみがえ》った。あの屈辱的だったスキル判定の日の思い出が。

「世界で唯一の『夢』のスキルの……」

途端に僕の胸に溢れたのは、あの日生まれて初めて感じたのと同じ激しい嫉妬だった。

「たまたまじゃないか。ソフィラも君も、何の努力もしていないのに、たまたまただ授かったスキルが特殊だっただけじゃないか。僕だって、僕だってスキルさえ。もっと特別なスキルさえ授かっていれば！　そうすれば、僕だって！」

心の底から溢れた感情を、どうしようもなくて目の前の彼女にぶつけてしまった。

だけどブラウン公爵の妹は、そんな僕に怒ることも、浅はかだと嘲笑うこともしなかった。

ただまっすぐに僕に視線を向けて、きっぱりと言った。

「ソフィラお姉様は、たまたまただ女だっただけです。そしてたまたまただ瞳が赤かっただけです」

なんだ？　彼女は何の話をしているんだ？

ソフィラが女で、瞳が赤いだなんて、そんなことソフィラが生まれた時から変わらない、当たり前の事実じゃないか。

「それに努力しました。私もソフィラお姉様も、スキルを鍛錬するために一生懸命努力をしました。……貴方は、どうですか？」

はっきりと聞かれて戸惑った。

努力？　だって僕のスキルは平凡な『経営』のスキルでしかなくて、それなのに努力なんて……。だから僕は今まで、努力なんて……。

「たまたまただ男で、たまたまただ瞳が赤くなかった貴方は、今までどんな努力をしてきたのですか？」

なんだ？　だから何の話なんだ？

僕が男で、瞳が赤くないことなんて、それだって僕が生まれた時から変わらない当たり前の事実じゃないか。

……いや、もしも……もしも、僕が女だったら？　……そしたらママは、まさか僕をローズのように扱った？

もしも……もしも、僕の瞳が赤かったら？　そしたらママは、まさか僕をソフィラのように扱った？

いや、まさか。まさか、そんなはずがない。だって、僕はママに愛されている方なんだから。だから……。だけどその理由は？

僕がママに愛されている理由は？

遠い昔に考えてみても見つけられなかった答えが、いきなり目の前に突き付けられた気がした。

まさかそれは、僕がママに誰よりも愛されていた理由は、ただ僕が男だっただけ？

僕が、ソフィラよりも愛されている方だった理由は、ただ僕の瞳が赤くなかったから？

だとしたら、僕は……。僕は、生まれてきた時点で、ソフィラよりずっと恵まれて……。

そんなに恵まれていたのに僕は、ソフィラが特別なスキルを授かったからという理由だけでソフィラに嫉妬して……。

僕は……。ソフィラを見捨てた……。

「……いつか貴方にも、朝日がキレイだと思える日が来ることを願います」

混乱して何も話せなくなった僕に謎の言葉を残して、ブラウン公爵の妹は去っていった。

朝日？　そんなものを見てキレイだなんて思うはずがないじゃないか。

当たり前に訪れる毎朝に、当たり前に降り注ぐその光を、わざわざキレイだなんて毎日思うはずがないじゃないか。

……そんなことを思える日が、僕に訪れるはずがないじゃないか。

「ジャレット！　ブラウン公爵家から、援助は貰えることになったのよね？」

絶望と混乱の中でやっと家に辿り着いた僕を待っていたのは、援助を疑ってもいない、出発する前の僕と同じように期待に胸を膨らませた、ママだった。

「……援助は貰えないよ……」

疲れ切った僕は、ただ目の前にある事実だけをママに告げた。

今は、ママの相手をすることさえも億劫《おっくう》だった。

……ママさえソフィラを虐待しなければ……。そんな風に思う気持ちすら芽生えていた。

「そんな……。……でも、そうよね。やっぱり私が、話をしないといけないのよね」

呟くママの言葉に、なぜか得意げな瞳に、嫌な予感しかしなかった。

「安心してちょうだい。ママがソフィラに会ってくるわ。だからもう大丈夫。ちゃんと話せば分かってくれるはずよ。だってあの娘は、私の血の繋がった娘だもの」

自信満々のママの顔を呆然と眺めながら僕は、ソフィラが放ったという言葉を思い出した。


『いいえ。欲しいのは家族からの愛情だけなので、あなたのそれはいりません』


僕には、もうその言葉で笑うことは、出来なかった。

ソフィラにとっての『家族』が誰を指しているのかは、分からない。

だけどきっと、少なくともそれは僕のことではなかった。

そうきっと、赤い瞳を悲しそうに伏せたソフィラが力なく去っていった、六年前のあの運命の瞬間から。

ソフィラにとっての家族は、ソフィラが欲しい愛情を与えられる相手は、もう僕ではなくなっていたんだ。

そしてきっと、ママだってソフィラにとっての『家族』ではないのだろうと、今はそう思った。

第11話　叶った願いと失ったもの～母～

「親子で話をしたいので、ブラウン公爵は席を外してください」

ブラウン公爵家の応接室でかなりの時間待たされて気分を害している私の前に現れたのは、ソフィラだけではなかった。

なんでブラウン公爵までいるのかしら？　彼のことは呼んでいないのだから、当然のこととして退席をお願いした。

今からソフィラにする話を他人に聞かれて、お金の無心だなんて思われたら困るもの。母親を助けることは、家族として当たり前のことなのに。

「先触れもなく勝手に訪れた不審者を、大切な妻とふたりで会わせるはずがないだろう？」

結婚相手の母親に向かってのブラウン公爵のその信じられない言い草に、言い返そうとして躊躇した。なんて醜い傷痕と、冷たい声なのかしら、恐ろしいわ。

こんなに恐ろしいだなんて、思った通りソフィラにはピッタリの相手だわ。……いいえ……ダメよ……。赤い瞳のことは、私の勘違いだったんだもの。私にも反省すべきところはあったんだから、これからはソフィラに優しくしてあげなくちゃ。

「伯爵夫人。ご用件は何ですか？」

気持ちを入れ替えた私は、他人行儀に用件を聞く薄情なソフィラにも優しく言ってあげた。

「ソフィラ。これからは、貴女にも私を『ママ』と呼ぶことを許してあげるわ」

「…………」

この私が、優しく特別なことを言ってあげたのに。それなのになぜソフィラは、無表情なのかしら？

ずっと求めていた母親からのありがたい言葉なんだから、素直に喜べば良いだけなのに。

「私が貴女に辛く当たったのは、夫であるグレンが私に大切なことを教えてくれなかったせいなの。でも誤解は解けたからもう大丈夫よ。これからは、そうね、ローズと同じくらいには愛してあげるわ」

きっと感情が鈍ってるのね。だからそんなソフィラにも、私は優しく丁寧に言ってあげた。

「いいえ。欲しいのは家族からの愛情だけなので、あなたのそれはいりません」

突然わけの分からないことを相変わらずの無表情で言い切るソフィラに、寒気がした。

何？　この子は何を言ってるの？　私は家族でしょう？　お腹を痛めて産んだ私こそが、ソフィラの家族に決まってるじゃない！　だからソフィラの欲しい愛情は、私からの愛情に決まっているじゃない。それに『それ』って何よ？　愛情に決まってるでしょう。母親の私が愛

情をあげると言っているのだから、素直に喜びなさいよ。

それに、なんでずっと無表情なの？　この子って、前からこんなに無表情だったかしら？

……分からないわ。だって今まで一度だってソフィラの表情をしっかりと見たことなんてなかったから。

……いつだってその赤い瞳に怯えて、顔を逸らしていたから。

「ソフィラは勘違いしているのよ。ママはね、今はちゃんと貴女のことも家族だと思っているから、安心してちょうだい。……苦しかったのよ。姑……貴女のおばあ様に、酷いことをたくさん言われてね、それでとっても辛くて……。それにね、悪い商人に騙《だま》され……」

「結構です」

信じられないことに、涙ながらに語る私の言葉をソフィラは遮った。

あのソフィラが、私の言葉を！　今まで何をしても無抵抗でただ私に従ってきたソフィラが、私に反抗した！

怒りが沸き上がって収まらなくなった私は、ソフィラを怒鳴りつけた。

「ソフィラ！　最後まで聞きなさい！　貴女に私の言葉を遮る権利があると思っているの！」

「私は、伯爵夫人の主張を聞くつもりはありません」

「はぁ？　何なのよ！　実の親に向かって、そんなことを言っていいと思ってるの⁉」

私に怒鳴りつけられても、ソフィラはその無表情を崩さなかった。

実の親へのものとは思えないその態度に、私はソフィラを思い切り睨みつけた。

「お互いの意見を聞いて主張をぶつけ合うのは、お互いを理解するために必要なことです。私は、伯爵夫人と分かり合うつもりはありませんので、伯爵夫人の主張を聞く必要がありません。それに私も伯爵夫人に自分の主張を伝えるつもりはありません」

それなのにどんなに睨みつけても、ソフィラはやはりその無表情を変えなかった。

「何よ！　何を言ってんのよ？　私は、お前の親なのよ！　誰が産んでやったと思ってるの⁉　誰のお陰で、ここまで育つことが出来たと思ってるのよ！　全部私のお陰でしょうが！　そりゃあちょっとした勘違いもあって、ほんの少し酷いことをしたかもしれないけど……。でも私は、お前の母親なのよ！」

「結構です」

私が何を言っても無表情なソフィラの、その真っ赤な瞳が、私にはやはり恐ろしかった。他国には、こんなに気味の悪い瞳がたくさんいるだなんて信じられないわ。

でもここで諦めたらダメよ。だって私はソフィラの親なんだもの。絶対に援助を勝ち取れるはずよ。

「だけど、だけどきっと分かり合えるはずよ。だって私とソフィラは、正真正銘血の繋がった家族なんだから！」

「私にとっての家族は、レオとレイン。それに私を育ててくれたマリー達だけです」

はぁ？　何なの？　一体誰の話をしているのよ？

マリーという名前だけは昔どこかで聞いたことがあるような気もするけど、誰だったかしら？　でも、誰だったとしてもどうでもいいわ！

「目を覚ましなさい！　ソフィラ！　お前の家族は、私とジャレットよ！　お前が愛さなくてはいけないのは、敬《うやま》わなければいけないのは、私達だけなの！　過去のことをまだ根に持っているのね。……仕方がないから、理由を教えてあげるわ。私がお前を冷遇していた原因は、その赤い瞳のせいなのよ。その瞳が……」

「結構です」

「何が結構なのよ！　聞きなさいよ！　お前だってどうして自分が実の母親から疎まれていたのか、その理由を知りたいはずでしょう？」

「知りたくありません」

「何を……。何を言ってるの……？　実の親に向かって……。私は、私は別にグレンに嫁ぎたいわけじゃなかった。政略結婚だから仕方なく、あんなに冴えない男と結婚してやったのに。家族の誰からも愛されていた私と結婚出来て、グレンは誰よりも幸せだったはずなのに。スタンリー伯爵家は、こんなに素晴らしい嫁が出来たことを屋敷全体で喜ばなくてはいけなかったのに！　それなのに姑は勉強しろだのなんだのうるさくてうるさくて！　妊娠したらやっと大人しくなったと思ったのに、生まれたのが女だからって今度は跡継ぎ跡継ぎってしつこく言われて！　だから私は……」

そうよ！　私は何も悪くない！　悪いのはいつだって私を大切にしなかった奴らに決まっている！

生まれた時からずっと私は、両親と兄ふたりにひたすらに愛されて育った。私のお願いなら、たとえ無茶なことでも家族は全部叶えてくれて、いつだって私の好きなことだけをさせてくれた。

勉強だって家庭教師が言っていることが難しくて理解出来ないと泣いたら、少しは渋られたけれど、最後にはやっぱり『どうせお嫁に行くのだから』と言って、私は勉強なんかしなくて良くなった。

そんな風に実家にいた時の、独身時代の私は、いつだって自由で幸せだった。

それなのに姑は、『一般的な教養ですら学んでいないの？』と言って驚愕と侮蔑に満ちた顔で私を見た。あれは、一生忘れないくらいの屈辱だった。

実家では許されたのに、スタンリー伯爵家では学ばないことが許されなかった。どうしてよ。私みたいな人間がお嫁に来てくれただけで十分じゃないの？　これ以上私に何を望むのよ？

更に許せないことに、姑は私の実家にまで苦情を入れていた。

「今までは、甘やかしすぎてすまなかった。どうかこれからは伯爵夫人として励んでくれ。頼むから我が家のためにも伯爵夫人として励んでくれ」

そう言って、お父様に頭を下げられた時には悔しくてたまらなかった。

なんで関係ない家族まで巻き込むのよ！　私のことが嫌いなら、私にだけ嫌がらせをすればいいじゃない！　家族にまで告げ口をするなんて、卑怯《ひきょう》だわ！

悔しいから、姑が手配した家庭教師に何を言われてもずっとすべて無視した。

そしたらいつの日からか家庭教師が来ることもなくなって、清々した。

そんな時に、妊娠していることが分かって、その時にはグレンも姑もすごく喜んでくれた。

それにそれからは勉強しろと強要されることもなくなって、屋敷中の皆が私の体調を気遣ってくれた。ふふっ、これよ。これが私が求めていた結婚生活だわ。

やっと理想の結婚生活を手に入れて上機嫌だったのに、産まれたのが女の子だったからって、姑が今度は『跡取りが～』ってしつこく言いだした。

そんなの知らない。私のせいじゃないわ。でもそんなに言うのだったら、男の子を産めばいいだけでしょう？

姑に虐められている可哀想な私に、皆もっともっと優しく気遣うべきなのに、私がどんなにシクシク泣いていても誰も声をかけてくれなかった。なんて酷い使用人達なの！

グレンの前でも泣いてみたけど、ただ優しく慰めて私の我儘を聞いてくれればいいだけなのに、難しそうなことを話し始めたから興ざめして聞き流した。

姑が病に倒れてからは、やっと屋敷中が私の自由になって最高だった。

外国の商人は、いつも私の好みにピッタリの上等なものを持ってきてくれて、私の辛い話を聞いて優しく慰めてくれた。

だから、私は悪くない。

私に寄り添って私の我儘を聞かなかった姑とグレンが悪いの。

だから、私は何にも悪くないのに。


「夫人の心情に興味がありません」

ソフィラは、私の話を辛かった過去を聞くことさえしようとしない。

実の親に対してのあまりの対応に、私はまたソフィラを睨みつけた。

そんな私の視線を遮るように、ブラウン公爵がソフィラの前に立った。

「形だけでも謝罪くらいはするかと思ったが、それすらしないとは」

それは、さっきよりももっと冷たい、とても冷たい声だった。

「あっ、謝ろうと思ってはいました。でもソフィラの態度が、あまりに酷いので、その……」

所詮ソフィラの夫のくせに、と思いながらも、その冷たい声に圧倒されて私は思わず言い訳をしてしまった。

「俺もお前の自分勝手な主張を聞くつもりはない。今日会ってやったのは、『もう二度と来るな』と伝えるためだけだ。今後ソフィラに近づいたら、すぐに警邏に突き出すからな」

醜い傷痕と鋭い視線に射抜かれて、私の身体はガタガタと震えだした。

私は、助けを求めて縋《すが》るようにソフィラに声をかけた。

「ソフィラ！　貴女は私の娘なのよ？　私を助けてくれるわよね？」

こんなに切実に誰かの名前を呼んだのは、生まれて初めてだった。

それなのに、私が助けを求めた実の娘からの回答は……。

「お帰りください」

ただ、それだけだった。

「……っ。そっ、そもそもソフィラの瞳が赤かったのが、いけないのよ！　お前の瞳が私と同じ茶色だったら、こんなことにはならなかった！　お前の瞳さえ赤でなかったら、私はお前を愛せたし、グレンは出ていかなかったし、ジャレットは堂々と伯爵になれたはずなのに！　お前の瞳さえ赤でなかったら！」

「お帰りください」

「どうしてよ！　どうして何も言い返さないのよ！　恨み言とか、憎しみとか、ママにぶつけてみなさいよ！　今なら聞いてあげるから！　お前の気持ちを私に言ってみなさい！　お前は私の娘なのよ！」

「私は、伯爵夫人と分かり合うつもりはありません」

私がずっと恐れていた真っ赤な瞳が、視線を向けることさえ許さなかったその赤い瞳が、初めて私の顔を見ていた。

だけど私に向くその瞳には、何の感情も乗っていなかった。

『許さない』と言われるかもしれないとは思ってた。

憎悪をぶつけられるかもしれないとも思ってた。


だけどまさか、何の感情も向けられないとは思ってなかった。


赤い瞳なんて生まれるはずがないと思っていた。だからずっと怖かった。ソフィラの赤い瞳がずっとずっと怖かった。

だけどそれはただの私の勘違いで、赤い瞳が生まれても何もおかしくなかった。……だから……まだ間に合うと思ったのに。

ソフィラの憎しみを聞いて、私の当時の辛い気持ちを伝えて、感情をぶつけ合えると思っていた。

私達は血の繋がった親子だから、だから最後には分かり合えると思っていた。

ソフィラは絶対に、私を許すと信じていた。

だからソフィラは、私のためならいくらでもお金を出すと思っていた。

そうよ。私が誰より愛するジャレットのために、私を愛するソフィラが、私達に必要な分だけお金を出すと思っていたのに。

それなのにまさか、主張すら聞いてもらえないなんて思ってもみなかった。

……これならまだ会ってすらもらえなかった方が、会いさえすれば許してもらえると希望を持てたのに。

「お帰りください」

少しの反論も許されないようなソフィラの無感情な声が、応接室に響いた。


「ママ。話があるんだ」

やっと家に辿り着いた私を待っていたのは、今まで見たことがないほどに深刻な顔をしたジャレットだった。

きっとジャレットにもこの結果が分かっていたのね。これからのことをふたりで考えるんだわ。

「ジャレット。薄情なソフィラのことなんて、もう忘れてしまいましょう。これから私達は、ふたりだけで協力して……」

努めて明るく振舞おうとした私の言葉を、ジャレットが遮った。

……今までジャレットが私の言葉を遮ったことなんて、ただの一度もありはしなかったのに。

「ルーカス様が、少しなら援助出来ると言ってくれているんだ」

「ルーカス？　……誰だったかしら？」

「ママ……。冗談だよね？　ルーカス様は、ローズの婚約者だよ？」

「あぁ！　そうね！　ソフィラの婚約者だったあの冴えない男ね？」

そうよ、格下の子爵家からの縁談だったから、ソフィラにピッタリだと思っていたのだわ。子爵家なら嫁いでからも、ソフィラは私に逆らえないもの。その相手が確かにルーカスという名前だった気がするわ。

「……正直、とても厳しい状況だけど、国から派遣される官僚に教えを仰ぎながら『経営』のスキルで僕がきっとスタンリー伯爵領を立て直すよ」

「ジャレット！　なんて頼もしいのかしら。さすが私の愛する息子だわ」

さすが私のジャレットだわ！　これで大丈夫ね！　ジャレットが立て直すならスタンリー伯爵家は大丈夫だわ！　これでやっと私は、正しく伯爵夫人になれるのだわ。

「……だからママには……サバラン地区で、のんびりと過ごしてほしい」

はっ？　何を言ってるの？　ジャレットは、何を？　そんな深刻な顔で冗談を言うなんて、全く笑えないわ。

「サバラン地区だなんて、あんな誰も住んでない僻地《へきち》で、私がのんびり暮らせるはずがないでしょう?」

「さすがにサバラン地区のことは知っていたんだね。だけど住人はいるよ。……極少数だけどね……」

「ジャレット! こんな時にわけの分からないことを言っている場合じゃないでしょ? そんなことより、ローズに言ってもっとお金を出させましょう! そうすれば何も変わることなく私達は、幸せに暮らせるわ!」

なんだ! そうよ! すっかり忘れていたけど、ローズだっていたじゃない!

必要なことは、ローズにすべてやらせればいいんだわ。

「ママ、まさか忘れたの? ローズの婚約者は、ママがずっと馬鹿にしていた格下の子爵家だよ?」

自分の思い付きに上機嫌になった私に水を差したのは、相変わらず真剣な顔をしたジャレットだった。

「それが何?」

「すでに提示してくれている額で、あの家にとっては精一杯だよ。精一杯の中で、それでもローズのために援助をしてくれると申し出てくれたんだ」

「そんな……。全くなんでローズは、こんな時にもっと役に立つ家と婚約しなかったのかしら！」

だからローズはダメなのよ！　ああ、ソフィラではなくローズが公爵家に嫁いでいれば！　そうすれば今頃いくらだってお金を引き出せたはずなのに！

「……ママ……」

「どうしたの？　ジャレット？　そんなに悲しい顔をして」

「今のスタンリー伯爵家は、資産の確保が出来て領地経営を立て直しただけじゃダメなんだ。何とかして社交界での評判も取り戻さないと」

「あら。そんなものは心配ないわ。今までは少しだけサボっていたけど、これからは私も積極的にパーティーに参加するわ。そうすれば評判なんてすぐに回復……」

「ママは、何が問題になっているかすら知らないの？」

ジャレットは、悲しいのを通り越して呆れたような顔をしていた。どうしてジャレットは、そんな顔をしているのかしら？

「ママがしたことが評判になっているんだよ」

私がしたこと？　まさか……まさか、ジャレットが、グレンの子どもでないことがどこかから漏れてしまったの……？　まずいわ。そのことだけは何があっても隠し通さなければいけないのに。

「ママは、ソフィラだけでなく、祖母のことも虐げていたんだね」

「あぁ。なんだそのことね。それなら大丈夫よ。私がパーティーに参加して説明すれば、きっとすぐに……」

「ママ！」

「……ジャレットったら。そんなに怖い顔をして、どうしたの？」

ジャレットが私に向ける視線は、いつも優しくて甘えん坊だったのに。

それなのに見たこともない怖い視線を向けられて、私はとても戸惑った。

「ママ！　お願いだから、サバラン地区に行ってくれ！」

真剣な顔で、真剣な声で、ジャレットは初めて私に対して声を荒らげた。

「さっきの？　まさか本気で言ってたの？」

「子爵家から援助を貰える条件なんだ。ママがいる限り、スタンリー伯爵家を立て直すことは出来ないから」

「何よ！　格下の子爵家のくせに偉そうに！　ローズを呼んでちょうだい！　今まで甘やかしすぎたんだわ！」

「それだけじゃない！　僕も……僕も、同じ意見になったよ」

ジャレットは、とても悲しそうに呟いた。

「……ママには、この屋敷から出ていってほしい」

ジャレットの言った言葉が、信じられなかった。

愛するたったひとりの息子からまさかそんなことを言われるだなんて。

「どうしてよ⁉　ママはジャレットを誰より愛しているのよ！　ジャレットを当主にすることだけが、ママの願いだったのに！　それなのにこんなに大事な時に、どうして私だけがあんな碌な生活も出来なさそうなわけの分からない場所にいかなきゃいけないのよ⁉」

信じられないし、許せないわ！　私は強く抗議した。

「サバラン地区だって、大切なスタンリー伯爵領の一部だよ」

それなのにジャレットは、達観したように穏やかに言った。

まだまだ子どものようだと思っていたジャレットは、この数日でなんだかすっかり大人の顔になった気がした。

……あの日、ソフィラのもとからひどく疲れた顔をして帰ってきた、あの日から……。

「……ママさえ……ソフィラを虐待しなければ……」

「えっ？」

「お願いだよ。ママ。僕は、ママを……嫌いになりたくないんだ……」

苦悩に満ちたジャレットの顔を見て、やっとジャレットが本気なのだと分かった。

私は、ジャレットが生まれた時、本当に本当に嬉しかった。

やっとあの煩い姑に勝てたと思えたから。

だから絶対にジャレットを当主にしたいと思った。

あの姑と血の繋がっていないジャレットを、絶対にスタンリー伯爵にしてやると。

それなのにまさか願いが叶うその時に、自分だけ僻地に捨てられるだなんて思ってもなかった。

夫であるグレンは、私を捨てた。

息子であるジャレットも、私を捨てた。

それじゃあ……私は……。私には……、一体何が残るのかしら？

縋るようにジャレットを見つめたけれど、ジャレットは私から目を逸らして悲しそうに俯いただけだった。


「お兄様！　どうして私をこんなに待たせるのよ！」

久しぶりに訪れた実家ですぐに歓迎されると思っていたのに、かなりの時間応接室で待たされた私は、お兄様が現れると同時に苦情を伝えた。

「先触れもなく突然来たのは、お前だろう？　会ってやっただけ感謝しろ」

記憶と違う厳しい態度のお兄様に違和感を感じながらも、私は子どもの頃と同じようにいつも通り振舞った。

「可愛い妹に対して、そんな冷たい言い方酷いわ！　それにたかが実家に帰ってくるだけで、先触れも何もないでしょう？」

「……お前は、本当に何も変わってないな。父さんと母さんならもうこの屋敷にはいないよ。会いたいなら領地に行け」

「お父様とお母様のことは、知ってるわ。使用人もいなくて苦労しているから助けてほしいって、いつだったか忘れたけど連絡が来たもの」

「そうか。それでお前は、両親を助けなかったんだな？」

「あの時は、忙しかったのよ。だって私は伯爵夫人なんだもの。気軽に連絡されても困るわ」

私の言葉に、お兄様は眉間を寄せた。

「はぁ。それでその忙しい伯爵夫人が、今日は一体何の用だ？」

「私、この屋敷に帰ってくるわ。もともとの私の部屋には、今はお兄様の子どもが住んでいるのよね？　住み慣れた部屋が良いから、子どもはすぐに移動させてね」

昔みたいに私の我儘を笑って聞いてくれると思っていたお兄様は、ただため息を吐いた。

「お前はどうせ俺が何を言っても聞かないから、途中からはもう何も言わなかったが……。お前が帰ってくる場所なんて、この屋敷にあるはずがないだろう？」

「何よそれ、どういう意味？」

「俺は、お前のことを可愛い妹だなんて思ったことはない。ただの我儘で欲張りな意地の悪い妹だとしか、思えなかったよ」

「ちょっと、お兄様！　何を言って……」

「父さんと母さんもお前には手を焼いていたし、自分の思い通りにならないと泣いてどうしようもないから最後には諦めていた。お前を伯爵家に嫁がせると聞いた時には、俺も弟も必死で止めたんだ。『伯爵夫人なんてあいつには絶対に無理だ』ってな」

何よそれ？　そんなの知らない。そんなの嘘よ。そんなの私の知ってる現実じゃない。私は愛されていたでしょう？　家族の誰からも愛されていた。だからどんな我儘も許されていた。そうでしょう？

「それなのに父さんも母さんも俺達の忠告を無視した上に、お前の状況を相手方に何も伝えず嫁がせた。案の定、嫁がせてすぐに苦情が来た。当たり前だよ。無知なだけでなく怠惰な嫁なんてありえない」

「違う！　私は無知でも怠惰でもないわ！　あの姑が意地悪だっただけで！」

「伯爵家からの苦情を受けて、父さんは無理やり引退させた。母さんも一緒に一番寂れた領地にふたりきりで送った」

何を言っているの？　それじゃあまるで私のせいでお父様とお母様が追い出されたみたいじゃない。そんなはず……。だって私は家族の誰からも愛されて……。可愛い娘で、可愛い妹のはずじゃ……。

「やっとお前から解放されて落ち着いたと思ったのに、今度は『あのスタンリー伯爵夫人の実家だ』ということで白い目で見られて大変だよ」

「……はっ？」

「お前は、どれだけ俺の人生を邪魔すれば気が済むんだ」

私の記憶では『仕方ないな』と言っていつも私を優しく見つめていたお兄様が、記憶では一度も見たこともないような怒りに満ちた顔で私を睨みつけていた。

「お前がこの屋敷に帰ってくるなんて、冗談じゃない。お前の居場所なんてない」

「……そんな……」

「行くところがないなら、父さん達のところに行ったらどうだ？　お前のせいで寂れた領地に送られたあげく、求めた助けも跳ね除けられて、そんなお前を今更受け入れるとは到底思えないけどな」

そんな。どうして？　私は、家族の誰からも愛されていたのではなかったの？

私には、ジャレットが用意したサバラン地区しか行く場所がないというの？


『ミラー』

ふいに頭に響いたのは、ソフィラがスタンリー伯爵家の屋敷を出ていった時の声だった。

私は、あの時初めて自分の娘であるソフィラの声を聞いたのだったかしら？

前にも何かを懇願するような必死なソフィラの声を聞いたことがあるような気がするけど、

覚えてないわ。

今更だけど『ミラー』とは、どんなスキルなのかしら？

ブラウン公爵家で話をした時に、私が聞いていたらソフィラは教えてくれたのかしら？

私だって愛してなんかいなかったけれど、それでも夫婦だったのに、夫のグレンは私を捨てた。

最愛の息子として誰より大切に育ててきたのに、息子のジャレットも私を捨てた。

ずっと虐げてきたソフィラは、私に対して怒りも含めて一片の感情も持っていなかった。

愛されていると信じていた実家の家族は、私を愛していなかった。

これから未知の場所で生活するしかない私に残ったのは、ソフィラからかけられた『ミラー』という謎のスキルだけだった。

第12話　ある愛し合う夫婦の会話～夫レオナルド～

「ソフィラ。少しは君の気が晴れたかい？」

ソフィラの母親だなんて認めたくもないスタンリー伯爵夫人は、しつこく居座ったが重い腰をあげてやっと帰った。その後で、俺はソフィラに聞いた。

「……レオは、軽蔑するかしら？　私は、実の母である伯爵夫人と話していても、何も感じなかったの」

ソフィラは憂《うれ》うように言ったが、その言葉は俺の心に少しの影も落とさなかった。

「俺がソフィラを軽蔑するはずがないだろう。あんな人間のことで、君が心を痛める必要なんてない。何も感じないなら、それが一番だ」

「レオは、いつもそうやって私を甘やかしてくれる」

ほんの少し安心したように微笑むソフィラが、愛しかった。

「こんなことは、甘やかすには入らないよ。……後悔しているんだ。君があんなにも傷つけられる前に……初めて会ったあの日に……君を攫《さら》ってしまえば良かった」

そうだ。俺はずっと後悔していた。

レインのスキルで、数年ぶりに再会したソフィラを見た瞬間からずっと。

あの時のソフィラは、ほとんど生きていないようなものだった。

初めて会った日よりもずっと高級な服を身に纏《まと》ってはいたけれど、ただそれだけだった。いや、逆に洋服が高価な分だけその痩せ細った体が、傷んだ髪が、手入れされていない肌が、精気のない赤い瞳が、そのすべてが酷く浮いて見えた。

そんなソフィラを目の当たりにして、再会出来た喜びよりも、悲しみなのか怒りなのか自分でも名前の分からない感情の方が強かった。


妹と同じ年とは思えない非常識な振舞いと、身に纏っている質の悪い洋服さえも輝いて見せるような明るい笑顔。

初めて会った十歳の日のソフィラは、そんな忘れられない少女だった。

それなのに、たった数年でソフィラはそんなすべての輝きを無くしてしまっていた。

「たとえあの日に戻れたって、やっぱりそんなことは出来ないわ。だって初めて会ったあの日には、私達はまだお互いを愛してはいなかったもの。貴方には私を攫っていくほどの情熱はなかったし、私だって貴方についていく覚悟はなかった。それにあの時の私は、マリー達と暮らしていて幸せだったもの」

「……俺は初めて会った日から君に惹かれてはいたけれど、確かにそれはまだ愛ではなかった。それでも……それでも……君が幸せだと言ったとしても、やはりあの日にソフィラを攫っていたら……」

それでも俺は、ソフィラを助けたかった。

レインの夢の中で俺達と交流するうちに、ソフィラの瞳に少しずつ光が戻った。

だけど『過去にソフィラが鏡のある場所で見た光景を鏡に映すというミラーのスキルを試してみよう』という提案をした時に、なぜかソフィラは悲しく瞳を伏せた。

「私の部屋には鏡がなくて……。鏡のある部屋で過ごしているのは、家庭教師の先生との時間くらいなの……」

俺もレインもどうしてソフィラがそんなに躊躇しているのか全然分からなかった。

だけどソフィラが初めて『ミラー』で映した光景を見た時、俺達はソフィラの躊躇のすべてを理解した。

ソフィラは家族からだけでなく家庭教師にまで虐げられていた。それは吐き気がするような光景だった。

自分よりずっと弱い人間を笑いながら鞭で打つその醜い女を、俺は一生許さないと誓った。

ソフィラが『ミラー』を使わなくても、絶対にソフィラと同じ苦しみを味わわせてやると誓った。むしろソフィラが過ぎたる報復を望まなかったから、自分がしたことと同じだけの罰だったことを感謝してほしいくらいだ。

この細い体で、今までどれほどの苦しみや悲しみをソフィラは味わってきたのだろう？

俺はソフィラを守りたいと思った。

これからソフィラに起こるどんな些細《ささい》な悲しみからも、ソフィラを守りたいと。

もしかしたらこの感情を、『ただの同情』だと切り捨てる人間もいるかもしれない。

だけど俺は断言出来る。同情なんかじゃない。

なぜなら俺は、俺の人生が続く限りずっとソフィラと生きていきたいと思うから。聖人君子でもない俺には同情だけでそんな風に思えるはずがないのだから。


「『夢』の中で、たくさん話をして、私はレオのことを知ったの。貴方のことを知る度に、貴方を好きだと思う気持ちが積み重なって、それが愛になった。愛になるまでには、時間がかかったもの。だから、過去を思って嘆かないで」

「……だけどソフィラの六年間はあまりに……」

あまりに……言葉にすることも出来ないくらい……ソフィラの六年間はあまりに……。

「まだ十代で公爵になったレオは、それだけで精一杯だったはずなのに、それでも私のために出来ることをすべて尽くしてくれた。私にはそれで十分なの」

「『夢』の中でソフィラに会える。そう思えば何だって頑張れた」

そうだ。俺は、ソフィラがいたから。

ソフィラがいたからこそ、今日まで生きてこられた。

それなのにこの感情が『愛』以外の何かであるはずがない。

「私も。現実がどんなに辛くても、『夢』でレオに会えるから。だから、あの家で辛うじて呼吸をすることが出来ていられたの。……だけど私が生きていられたのは、本当はそれだけじゃなかった……」

「君の姉だね？」

「そう。……もしかしたらローズお姉さまは、私を守ってくれているのではないかと、いつからか思ってたの。……だってその瞳には、温もりがあったから」

そういうソフィラの瞳にこそ温もりがあった。

「それでも君は、姉に助けを求めなかった」

「怖かったの。ジャレット様の時のように、また助けを求めて突き放されるのが。希望は現実にはならないということを思い知るのが、怖かった」

ジャレット……。ソフィラと似た顔をしているのに、心根の違いからか全く違う印象の甘ったれた男の顔を思い出した。

あの男がソフィラにしたことも俺は許していないけれど、ソフィラはやはり自分がされたこと以上の報復は望まなかった。

あの最低の屋敷にソフィラの味方はいないと俺も思っていた。だけど……。

「だけど今は確信しているんだろう。姉は君の味方だった、と」

「私は、とてもズルいから。自分の中で賭けをしたの。ローズお姉さまに罵られている時に、周りの使用人には聞き取れないくらいの声で『愛する人がいるのに結婚なんてしたくない』って呟いた」

「そうして君の婚約は解消された」

「呟いてから一週間もしなかったと思う。ローズお姉さまが、ディナーの席で私の婚約解消を伯爵夫人に認めさせた」

「だから、君は確信したんだね？」


「敵しかいないと思っていたあのお屋敷に、たったひとりだけ味方がいた。私のために行動してくれた人がいた。……私の助けは、突き放されなかった。……言葉じゃなくて、上辺だけの言葉なんかじゃなくて、ローズお姉さまは私を守ろうと行動してくれた。……嬉しかった……。嬉しかったの……。スタンリー伯爵家で生きていくために、私は心を凍らせた。実の家族にも、家庭教師にも、マリー達以外の残った使用人達にも、誰にも期待しない。それで心を守っていたの。だけど……だけど私には、本当はずっと味方がいた……。たったひとりで、必死に私を守ってくれていた姉が……」

そう話すソフィラの赤い瞳は、ほんの少し潤んでいた。

「俺はずっとソフィラに尽くしてくれた使用人三人の行方を追っていたけど、見つけられなかった。だけどソフィラから姉が味方だったと聞いて、君の元婚約者の家を調べた。彼らは三人共そこで働いていた」


あの時のことは、よく覚えている。

「ローズお姉さまは、私の味方だった」

レインの夢で、会った瞬間にソフィラは興奮した様子で言った。

「でもソフィラ様の姉は、ソフィラ様の食事を捨てたり、使用人の前でソフィラ様を罵ったりするような人ですよね？」

半信半疑な様子でレインが聞いた。

「本当は心のどこかでずっと思っていたの。ローズお姉さまが捨てている私の食事はすべて食べられるようなものではなかった。ローズお姉さまが私の食事を捨てて自分の食事を分けてくれなかったら、私は何も食べられていないんじゃないかって。ローズお姉さまは、使用人達の前でしか私を罵らないの。ローズお姉さまに罵られている時間は暴力に晒されることがないから、一番平和なんじゃないかって。それに、私の婚約を解消させてくれた。私の望みを叶えるために」

そんな発想はなかった。あまりの話に、レインも俺も何も言えなくなった。

そんな……そんなことがありえるのか？　そんな捨て身の守り方があるのか？

そんな風にでもしないとソフィラを守れないから、そうやって必死で守っていたとでもいうのか？　だからソフィラが、辛うじて生きていられたと？

「ローズお姉さまは、私の味方だったの」

そう話すソフィラの顔は、俺が今まで見たこともないような安心した、まるで赤子のような顔だった。

初めて触れた血の繋がった家族からの愛情に、安らぎを感じていたのかもしれない。

レインはそれでもなお半信半疑だったが、俺はソフィラの言葉を信じた。

「ソフィラの言葉は、正しかった。ソフィラ、君の姉は君の味方だ」

次にレインの『夢』の中で会った時に、俺はソフィラに告げた。

「レオ？　急にどうしたの？」

「マリーとジョンとトム。君の大切な使用人達を見つけたよ」

「……えっ？」

「三人共リトル子爵家で働いていた。……君の元婚約者の屋敷だろう？」

「……そんな……。そんなことって……。じゃあまさかローズお姉さまは、彼らが解雇されたあの頃からずっと……」

俺は、ソフィラが涙を流すところを初めて見た。

俺がソフィラにプロポーズをした時だって、嬉しそうに頷いてはくれたけれど、涙を流すことはなかったのに。

俺は、会ったこともないソフィラの姉にほんの少しだけ嫉妬した。


「……マリー達が追い出されたあの時からすでに、ローズお姉さまは私のために行動してくれていた。……嫁いだ私がまたマリー達と会えるようにしてくれていた……」

目の前のソフィラはもう泣くことはなかったけれど、とても嬉しそうに言った。

「レインのスキルで、俺は『夢』の中でソフィラに会えた。だけど、現実での俺はあまりに無力だった。だから現実のソフィラを守ってくれていた君の姉に、俺も感謝している」

「レオは私にスキルの使い方を教えてくれた。レインは私にマナーを教えてくれた。現実で心を殺していた私だけど、『夢』の中でだけは笑うことが出来たの」

「だけど『夢』の中には、食べ物や道具を持ち込むことは出来なかった。痩せていくソフィラを見るのが辛かった。レインもいつも言っていた。『ソフィラ様の髪にトリートメントしたい』と」

あの頃のソフィラの衰弱した様子を思い出して、俺の胸が痛んだ。

「……私が気づいていなかっただけで、現実ではずっとローズお姉さまに守られていた。彼女が食事を分け与えてくれなかったら、私はきっともっと鶏ガラみたいに痩せて、歩くことすら出来なくなっていたかもしれない」

俺は『姉が味方』だというソフィラの言葉を信じたし、ひとつずつ積みあがっていく事実が、それを証明していた。

今では俺は、実際には会ったこともないソフィラの姉を尊敬すらしていた。

誰にも、ソフィラにさえも気づかれることなく、何年もずっと陰でソフィラを守り続けていただなんて、にわかには信じがたいそれを彼女は成し遂げたのだ。

そして俺は、ソフィラの母親であるスタンリー伯爵夫人のことは、心から軽蔑している。

実の子どもにあんなことをしておいて、まだソフィラに怒ってもらえるどころか、許してもらえることが当たり前だと信じ切っているあの甘ったれた瞳。

血が繋がっているからと、何をしても無条件でソフィラに愛されると信じ切っているその思い上がりは、吐き気がするほどだった。

俺は、俺の両親が死んだ時に心から絶望したが、それはただ無条件で血の繋がっている人間が死んだからではない。

彼らは俺を愛してくれて、その愛を伝えてくれたから。

だから俺は、愛する家族を失ったから、絶望したんだ。

たとえ血が繋がっていたとしても、ただそれだけの理由で愛されるはずがない。

愛して、伝えて、行動するから、同じだけの愛情が返されるのだ。

それなのにあの女は、そのすべてを放棄して、それどころか自分の好き勝手にソフィラを嬲って、それでも血の繋がりだけでソフィラからは愛してもらえると思い込んでいた。そんなはずがないのに。

ソフィラの姉は、その真逆だった。

何の見返りもなくただ無条件でソフィラを愛した。

……だから俺は、俺自身もソフィラの姉に会ってみたいと、叶うなら無力な俺の分までソフィラを守ってくれた彼女に御礼を伝えたいと、そう思っている。

「……レインから、顔の傷痕のことを聞いているかい？」

「急にどうしたの？　ミラベル様からいただいたクリームで、少し薄くなってきた気がすると言っていたわよね？」

「クリームだけでは限界があるみたいなんだ。だから移植は最後の手段にして、『癒し』のスキルを試してみたいと言っていた」

「……『癒し』の……」

「君の姉のスキルが『癒し』だと、前に言っていただろう？」

「あっ！」

「俺達のために、ソフィラから依頼してもらえないか？」

何の意図もないようにさらりと言った。

「……そんなこと言って……。本当は、私のためね？」

だけどソフィラには、すべて伝わってしまっていた。

「……何のことだか……」

誤魔化そうとした俺の耳に響いたのは、愛しいソフィラからの愛しい言葉だった。

「……愛してる」

「……えっ？」

「こんな言葉じゃ足りないくらいに、愛してるわ」

「ソフィラ？」

「私の世界はとっても狭いから、何が愛とかはよく分からなかった。でもレオといると、いつだって心がキラキラするの」

出会った日の飾らないソフィラが、そこにはいた。

辛い境遇でどんなに疲弊した時があったとしても、ソフィラはやはりソフィラだった。

「……ソフィラ……」

「だけど、もしこれが愛じゃなくても。この気持ちが他の何かだったとしても。私は、ずっとレオと一緒にいたい。レオがいなければ、私はもう生きていなかったかもしれない。レオのお陰で生きていられたの。だから私は、これからもずっとレオと一緒にいたい」

君からの精一杯の愛の告白を、俺はきっと一生忘れないだろう。

「俺達はこれからずっと一緒にいるさ。現実でも、現実だけでは時間が足りないのなら、『夢』の中でも」

「レオとのこれからの人生が長すぎて、伯爵家での六年間なんて、きっとすべて忘れてしまうわ」

さっぱりしたように笑うソフィラが愛しかった。そうだ。あんな六年間はすべて忘れてしまえばいい。

「それがいい」

「私にとっての家族は、レオとレイン。それに、あのお屋敷でずっと私を守ってくれたマリーとジョンとトム、それにローズお姉さまだけなの」

「ああ」

「私が欲しいのは、大切なあなた達家族からの愛情だけ。他の人からの、愛情ですらない自己満足の何かなんていらないの」

俺は、君の家族になれたことが、何よりも嬉しいんだ。

「愛している。俺も。俺以外の家族も。欲しいだなんて望まなくても、いつだってソフィラを愛している」

「……私は、赤い瞳で生まれて良かった。だってそのお陰で、本当に大切なものに気づけたから」

その赤い瞳が理由で実の母親から虐げられてきたのに、それでも『良かった』といえるソフィラは、しっかりと前を向いていた。

「ソフィラ……」

「愛してる。欲しがるだけじゃなくて、私も家族を愛しているの」

「愛している。君が生きていてくれて、本当に良かった」

「愛してる。貴方が私を救ってくれたから。私は生きていられたの」

「愛している。何度だって言うよ。君が飽きるまで何度だって」

「愛してる。きっと一生飽きることはないから。毎日言って」

「愛している。今までの分まで、何度だって言うよ」

「「愛している」」

俺達は、目を合わせて同時に笑った。

第13話　私の十六年間～ソフィラ～

「その赤い瞳を私に向けないで！」

その言葉は、私がスタンリー伯爵家で過ごした十六年間で最も多く投げつけられた言葉だった。

私の過ごした十六年間を、事実だけ抜粋して語ったのなら、それはもしかしたら誰かからは『可哀想に』と言われるようなものなのかもしれない。

だけど、私は決して『可哀想』なんかじゃなかった。

だっていつだって私には、『家族』がいたから。


私は、産まれてからずっと両親や双子の兄の顔を見たことさえなかった。

だけど、私の毎日はとても楽しかった。

「ソフィラ様。おはようございます。今日もいいお天気ですよ。すぐに朝食にしましょうね」

毎日、朝に目が覚めると、一緒に暮らしているマリーが笑顔でカーテンを開けてくれた。

私達の部屋にある窓はとても小さかったけれど、そこから少しだけ差し込む朝日がキレイで、いつも元気を貰っていた。

その光を全身で浴びることは私には許されていなかったけれど、それでも小さな窓から見える季節ごとに変わっていく景色が楽しかった。

「ソフィラ様。今日はバラの花をお持ちしましたよ」

トムは、たまにこっそり部屋にお花を持ってきてくれた。

「ありがとう！　すっごくキレイ！　トムはいつも素敵なお花を育てられてすごいね！」

「これは、大奥様が一番好きな花だったんですよ。棘《とげ》は処理してあるので触っても大丈夫ですからね」

「おおおくさま？」

「ソフィラ様のおばあ様です」

おばあ様が何なのかあんまりよく分からなかったけど、トムが嬉しそうに笑ってたから私も嬉しかった。

「ソフィラ様。今日のおやつは、マフィンを作りました」

ジョンも、たまにこっそり部屋におやつを持ってきてくれた。

「ありがとう！　ジョンのおやつは、いっつも美味しくて幸せなの！」

「ローズ様もマフィンが一番お好きなんですよ」

「ろーずさま？」

「ソフィラ様のお姉様ですよ」

「お姉様！　絵本で見たことがあるよ！　いつか会えるかな？」

「ええ。いつか絶対会えますよ」

ジョンのおやつはいつだってとっても美味しいけど、その日食べたマフィンは、いつもよりももっと美味しい気がした。だっていつか会えるローズお姉さまも好きなマフィンなんだから！


十歳になったその年に、スキル判定を受けた。

その日、私は初めて外の世界を知った。

マリーがくれたボロボロの絵本でしか見たことのなかった世界を、初めて自分の目で見た。太陽の光を全身で初めて浴びた。木々や葉っぱが風で揺れているのを初めて感じた。それだけのことだけど、全部が初めてで、私にとってはすべてがたまらなく楽しかった。

そして、そこでレオとレインの兄妹に出会った。ふたりの瞳はキラキラしていてとってもキレイだった。

それにふたりと話すのは、とっても楽しかった。私は、自分と同じくらいの年の子とお話しするのは初めてだったから！

だからマリーに『ジャレット様が到着したので……』と言われて、ふたりとさよならしなきゃいけなくなって、とっても悲しかった。

「ソフィラ！　もし君が……君が今の環境を辛いと思っているのなら、俺と逃げるか？」

私が悲しい顔をしていたからかな？　レオがさっきまでとは違う怖い顔？　ううん、怖くないな、なんて言うんだろう、私には知ってる言葉が少ないから、なんて言っていいか分からないや。とにかくレオは笑顔じゃなくてそう言った。

「私は辛くないよ！　だってマリー達と一緒に過ごす毎日は、とっても楽しいから！」

その時の素直な心からのその答えを、私はレオに伝えた。

「そうか。だったら良かった」

レオはとっても安心したように笑った。その時の私は、ただレオがまた笑ってくれて良かったって思った。

後でマリーから教えてもらったの。ふたりは、私の初めての『友達』なんだって！

友達かぁ。へへっ。いつかまたふたりと会えたらいいな。

だって絵本でしか知らなかった本物のお友達が出来たんだもん！

「だから！　その憎らしい赤い瞳を私に向けないでよ！」

初めて会ったにもかかわらずスタンリー伯爵夫人は、私を睨みつけて激高した。

それは憎しみなのか、あるいは恐怖を隠すためとも思えるような、必死の形相だった。

私は、実の母親である夫人との初めての対面でも、それが自分の親だとは実感出来なかった。

何でそんなに怒っているんだろう？　こんなに怖い顔をしていて疲れないのかな？　マリーもトムもジョンも怒っていたことなんて、一度もないのに。私の世界はとっても狭いから、本の中じゃない本当の世界で怒っている人を見るのは初めてだなぁ、そんなことを考えていた。

そもそも普通の親子の関係とはどういうものなのか、私は知らなかった。

血の繋がった子どもだったら、どんな親でも無条件で愛せるものなのかな？

ずっと無視されて、初めて会ったと思ったらわけの分からないことで怒鳴られて、酷く歪んだ顔をしている人間だった。それでも普通の子どもだったら血が繋がっているという理由だけで、そんな親からでも愛されたいって願うものなのかな？

だけどそんなこと私には無理だった。

たとえ母親だとしても、あんな夫人から愛されたいと少しも思えなかった。

夫人の怒りを理解したいと思えなかった。

夫人が自分を嫌う理由を知りたいとさえ思えなかった。

結局、私が夫人を『親』だとか『家族』だとか思えたことは、一度だってなかった。そしてこれからも一生ないと断言出来る。

その時の私にとっての唯一の家族だったマリーとジョンとトムが辞めさせられた時には、絶望した。

『どうか辞めさせないで』と必死でお願いしても、夫人はあの歪んだ顔を更に歪ませて笑うだけだった。

『味方だよ』と言ってくれた双子の兄ならきっと助けてくれると、助けを求めたけれど、面倒くさそうに突き放されただけだった。

お兄ちゃんは薄い笑顔で優しい言葉はかけてくれるけど私を助ける気はないんだ、とこの時気づいた。

そんな兄を、私だって家族だとは思えない。

優しい言葉だけかけられたって、それが表面だけのものだって分かってからは何も心に響かないのは当然だった。

だから私は、血の繋がりに期待をするのは止めた。

心を凍らせないと、敵しかいなくなったこんな屋敷では生きていけないと思った。

だけど心を凍らせても、それでもなお、マリー達がいなくなった後のスタンリー伯爵家での生活は……。

繰り返される暴力と暴言に嫌がらせ、常にお腹が空いていて頭が働かず、家族も味方も、そんなものはひとりもいなくて。

逃げたい、逃げたい、逃げたい。

そう思う度に、レオの今なら言葉で表現出来るあの『切実な』顔を思い出した。

『ソフィラ！　もし君が……君が今の環境を辛いと思っているのなら、俺と逃げるか？』

あの言葉をくれたのが今だったら。今なら、私は迷わずレオの手を取るのに。

助けて。助けて。助けて。レオ！　お願い、どうか私を助けて！　もう一度私に手を差し伸べて。

何度も何度も、たった一度出会っただけのレオの顔と言葉を思い出した。

ジェシカ先生に鞭で打たれている時も、ララに真冬の水風呂に無理やり入れられた時も、名前も知らない使用人にいきなり殴られた時も、私はいつだってレオの言葉を思い出していた。

あの言葉がなかったら、レオとレインとのあの夢のような楽しい時間がなかったら、私はもっととっくに絶望していたと思う。

そうしたらもしかしたらもっと違う酷い答えを出して、もしかしたら実行してしまっていたかもしれない。そうしたらもう二度とレオにもレインにも会えなかったから、だから今は本当に最後の酷い答えに辿り着かなくて良かったと思っているの。

「もう一度ソフィラ様とお兄様と三人でお話ししたくて……。ふたりを呼びました」

だから『夢』の中で、レオとレインに再会出来た時には本当に驚いたし、すごく嬉しかった。

この時にはもう、スタンリー伯爵家での生活に何もかも疲弊し切った私には、生きる意味が何なのかすら分からなくなっていたから。

だからふたりに会えて、ふたりと話をして、また笑うことが出来て、本当に嬉しかった。

だから、だから、まだ生きていたいと思えた。

この時に私が最後の酷い答えに辿り着く可能性は、なくなった。

この『夢』さえあれば、現実がどんなに辛くても、きっと耐えられると思った。

『夢』の中でふたりに会えることだけが、あの屋敷で生きる私に残されたたったひとつの希望になった。


ふたりは私に色々なことを教えてくれた。

ふたりといると世界はキラキラ輝いた。

だから現実ではすべてが灰色に見えても、耐えられた。


母親は、私を虐げた。

だけど。何をされても、何を言われても、私は夫人に対して何の感情も持てなかった。夫人の言葉が、私の心に響くこともなかった。

父親は、私の存在を無視した。

だけど。私にとっても、何も言わない、何もしてくれない父親は、存在しないのと同じだった。

姉は、誰かがいる前でいつも私を罵った。

だけど。灰色になった世界の中で、なぜかいつだってローズお姉さまの瞳だけはちゃんと茶色に色づいて見えた。

双子の兄は、こっそりと私に『僕だけはソフィラの味方だよ』と言った。

だけど。一度裏切られた私が上辺だけのその言葉に期待することは、もう二度となかった。

十六歳になったその年に、私の結婚が決まった。

相手は、ずっと私の心を守ってくれたあのレオだ。

『一生ソフィラを守りたい』

レオはそう言って、『夢』の中で私にプロポーズをしてくれた。

とてもとっても嬉しかった。自然に笑顔が込み上げてきたけれど、その時の私には婚約者がいた。

『ソフィラと結婚出来る方法を考える。もう逃げようなんて言わない。ソフィラが何の憂いもなく顔を上げて幸せになれるように、絶対に俺が何とかする』

レオは、ずっと私の心を守ってくれたあの『切実な』顔で言ってくれた。

生きていて良かったと、本当に思った。

生きていて良かったと、生まれて初めて思った。

生きていて良かったと、酷い答えに辿り着かなくて良かったと、切実に思った。

だから本当にレオとの結婚が決まった時には、幸せすぎて、涙が出そうだった。

「ブラウン兄弟には事故で負った醜い傷痕が顔にあるんだって！　根暗なソフィラにはピッタリな相手よね。あはは」

私にいつも嫌がらせをするメイドのララが、いつものように厭らしい顔で笑っていたけれど、そんなことはどうだって良かった。ララの言葉は、私の耳をただただ通り抜けていった。

私はただこの喜びが夫人に知られないように、溢れる笑顔を抑えることで必死だった。


「その赤い瞳をもう二度と見なくて済むだなんて。今日は最高の日だわ」

スタンリー伯爵家を出る日に、夫人はあの歪んだ顔で笑っていた。

私はやっぱり夫人に何の感情も持てなかったし、夫人のあの歪みを治してあげたいと思うこともなかったけれど、初めて夫人と同じ意見を持った。

今日は最高の日だわ。

きっと夫人より強く、心からそう思ったの。

一目で分かる質の悪い服を着て、何ひとつ持参することなく公爵家へ向かうことは、少しも怖くなかった。

だって私が向かう先には、私のことを愛してくれる本当の家族が待っていると、分かっていたから。

何ひとつ持たない私のために全力で尽くしてくれた大切な家族のところへ行けると、知っていたから。

私は、きっと幸せになれる。そう思った。


だけどそのためにたったひとりで私を守ってくれたローズお姉さまを、この屋敷に残して行かなければいけない。


私はずっと、この屋敷には家族も味方もいないと思っていた。

マリー達がいなくなってからずっと私は、ひとりぼっちで耐えていると思っていた。たったひとりで戦っているのだと。

だけど違った。私には、味方がいた。

もしかしたらただただ襲ってくる現実に耐えていただけの私よりも、本当はずっと苦しかったのかもしれない。

誰にも気づかれないように、だけど確実に私を守ってくれていた『家族』がいてくれた。

自分に出来る精一杯以上で、私のために出来うる限りをしてくれた本当の家族が。本当はずっと私のいつだってすぐ近くにいてくれたのに。私はずっと気づかなかった。

使用人達が私に与える食事はいつだって腐っていたりとても食べられるようなものではなかったのに、どうして私は空腹を感じながらもそれでも飢えることなく生きていることが出来たのか。

繰り返される暴力の中で、それでも絶対にローズお姉さまに罵られているこの時間だけは暴力に晒されることはないと、確信することが出来たのか。

少しずつ少しずつ集まる真実のかけら達を、それでも私は繋ぎ合わせるのが怖かった。

ジャレット様の時のように、期待してまた裏切られるのが怖かったから。

それにローズお姉さまが、そんなことをしてまで私を守る理由が全く分からなかった。

血の繋がりに期待することを止めた私には、まさか妹だというだけで無条件に愛するだなんて、そんな愛情があるだなんて想像もしていなかったから。

だけどローズお姉さまにレオへの気持ちを零すと、すぐにルーカス様との婚約が解消された。

レオが一生懸命探してくれても見つからなかったマリーとジョンとトムが、スタンリー伯爵家を解雇されてからすぐに私の元婚約者であるルーカス様の下で働いていたと知った。

すべてのかけら達が集まって、それを繋ぎ合わせたら、完成した真実のパズルは、それはただひたすらなローズお姉さまからの愛情だった。

ずっと目の前にあったのに。ずっと惜しみなく与えられていたのに。ずっと気づけなかった。

それは、ただひたすらな大切な家族からの愛情だった。


そうだ。私がずっと欲しかったのは、家族からの愛情だけだったんだ。

そしてそれは、ずっと私にあった。私が欲しかった家族からの愛情は、いつだってずっと本当は私に向けられていたんだ。

たったひとりの姉が、たったひとり、私を愛してくれていた。私を守ってくれていた。だから私はレオに再会するあの日まで、生きていることが出来た。

それなのに、夫人の目を恐れて私はそんなローズお姉さまに感謝を伝えることも出来ずにこの屋敷を出ていかなければならない。

ずっとたったひとりで私を守ってくれたローズお姉さまをたったひとり残して……。

夫人の標的はずっと私だけだった。だけど溺愛していたのもジャレット様だけだった。夫人がローズお姉さまを可愛がっているところを見たことがなかった。

伯爵は、ローズお姉さまにだけは関心があるようにも見えたけれど、だからといってローズお姉さまのために何かをしているところを見たことはなかった。

ジャレット様は自分だけが母親から愛されているという優越感で傲慢になっていた。きっと私の時のように、ローズお姉さまがジャレット様を頼ったとしても助けることはしないだろう。

マリー達がいなくなった後で、僅かに残っていた私に同情してくれた使用人達も、私へのあまりの待遇に耐えられないと言って辞めていった。残っている使用人達の中に、信頼出来る使用人はもはやひとりもいなかった。それはきっとローズお姉さまにとっても同じだと思う。

私は、こんなお屋敷にローズお姉さまをたったひとり残して出ていかなければいけない。

だから私は、切実に願いを込めて『夢』の中でレオと一緒に鍛錬したそのスキルを使った。


「ミラー」


この屋敷では、一度も使うことを許されなかったそのスキルを。

ミラーは鏡。今まで自分がしたことが自分に返ってくるの。

だから、お願い。私を守ってくれたローズお姉さまを、どうか守って。

どうか、どうかローズお姉さまが、私と同じように幸せな気持ちで無事にこの屋敷を出ることが出来ますように。

最終話　今まで生きてきた軌跡が起こす奇跡

「愛しているわ。貴女は私の孫だもの。どんな貴女だって無条件で愛しているわ」

その言葉。おばあ様のその言葉だけが、いつだって私を支えていたの。

だから私は、ソフィラを愛したの。だってソフィラは、私の妹だもの。

どんなソフィラだって、私は無条件で愛しているの。


「はぁ。なんでローズは女なのかしら？　ローズが男だったら私がこんなに辛い思いをすることなんてなかったのに」

それは、ジャレットが産まれるまでずっとお母様の口癖だった。

まだ二歳の私が、お母様の口調さえ真似《まね》てスラスラと話せるようになるほどに。

私がお母様そっくりにこの台詞を言った時、マリーがとっても悲しそうな顔をした。

だからそれからはもう二度と、お母様の口癖を真似することはしなかった。

だけど心の中には、ずっとずっとその言葉があった。

私は、きっとずっとずっと悲しくて寂しかったんだ。

だってどうしようもないもの。『頭が悪い』と言われたら頑張って勉強する。『可愛くない』

と言われたらダイエットもお化粧も精一杯頑張る。他のことだって私の努力で変えられる可能性があるなら、私はきっとお母様のためにいくらだって努力をしたはずなのに。だけど『女だから』という理由だけだったら、それはもうどうしようもない。

どんなに私が努力したって変えられない。

だから二歳の私は気づいたの。

あぁ、私がお母様に愛されることは絶対にないんだ、って。

だって私が女だから、ただそれだけでお母様は私を見捨てたのだもの。

「……私は、おばあ様に愛されているの？」

だから精一杯の勇気を絞り出して祈るようにおばあ様に問いかけた時も、本当は愛されているはずなんてないと思っていた。

実の母親にも愛してもらえない私が、そんな私が、他の誰かから愛されるだなんてそんな奇跡みたいなことがあるはずないって。

幼い私はそう思い込んでいた。ううん。もしかしたらきっと必死でそう思い込むことで、これ以上自分の心が傷つくことのないように必死だったのかもしれない。

マリーは私を大切にしてくれたけど、それはきっとお仕事だから。だからもしマリーが私を裏切ることがあっても、それは悲しいことなんかじゃない。心の底でそう思い込もうとしていた。

いつかマリーに裏切られても傷つかないように。

そうやっていつだって私は必死で自分の心がこれ以上傷つくことがないように、いつだって言い訳を考えていたのかもしれない。だから、だからね。

「愛しているわ。おばあ様。貴女は私の孫だもの。どんな貴女だって無条件で愛しているわ」

ねぇ？　おばあ様のその言葉は、確かに私を救ったんですよ？

あの言葉があったから、私は傷ついてもいいって思えたの。

だってこれからどんなに傷つくことがあったとしても、おばあ様が私にくれた言葉はなくならないから。

たとえこれからの人生で誰からも愛されることがなかったとしても、私がおばあ様に愛されていたという事実は決してなくならないから。

だから私は、自分がどれだけ傷ついてもいいからソフィラを守りたいって、そう思えたの。

「その赤い瞳を私に向けないで！」

お母様がソフィラにそう言っているのを聞いた時、私の中に残っていた『それでもやっぱりお母様から愛されたい』という気持ちは完全に無くなった。

だってソフィラの瞳が赤いことは、ソフィラ自身とは何の関係もないのに。

それなのにお母様は、ただ瞳が赤いという本人の意思や努力ではどうしようもならないことでソフィラを虐げた。

ただ女だからというだけで、私を見捨てたのと同様に。

いくら血が繋がっている母親だとしたって、そんなお母様に愛されたいと思うはずがないでしょう？

だって、おばあ様は無条件で私を愛してくれたのに。

それなのに、どうして女だからという条件だけで私を見捨てたお母様を愛することが出来るというの？　私には出来なかった。

私がお母様を愛せないんだから、お母様から愛してほしいとも思えなくなった。

血の繋がった母親にすら愛されない自分は、誰からも愛されないんじゃないかと思っていた。

だけど、血の繋がった娘を『女だから』『瞳が赤いから』そんな理由で虐げる母親からの愛情なんて、そんなものは必要ないって思ったの。

もしもソフィラがお母様からの愛情を求めてるのだとしたら、そんなものは必要ないっていつか思ってくれたら嬉しいな。

きっとソフィラがいつか幸せになったその時には、きっとそう思えるはずだわ。

だからその日まで、絶対、絶対、私がソフィラを守るからね。

そう決意してからの日々は、苦しくて、悲しくて、寂しくて、逃げ出したいと思ったことだって本当は何回もあった。

「マリー。お願い。貴女がソフィラの専属メイドになって、どうかソフィラを助けてあげて」

そう言って私は、必死でマリーにお願いしたけど、本当はマリーが私の専属メイドでなくなることがとても怖かった。

そしてほんの少し予想はしていたけれど、ジャレットのことだけに夢中なお母様は、マリーの代わりとなる新しい専属メイドを私につけることを忘れていた。

メイド長の采配で日常生活が不便になることはなかったけれど、それでも日替わりでやってくるお母様の言いつけ通りの仕事しかしないメイド達と心から打ち解けることはなかった。

それでもこっそりと覗《のぞ》いた部屋の中でソフィラが、マリー達と幸せそうに過ごしていたから。

だから、私は救われた。

私がソフィラのこの笑顔を守らなきゃって、改めてそう思った。

「……私がソフィラを庇うとお母様を刺激してしまう……。これまではマリー達がソフィラを守ってくれたけど、どうにかして私がソフィラを助けなきゃ……」

マリーには、決意を込めてそう言ったけれど、誰も味方のいなくなったスタンリー伯爵家での生活から、私はすぐに逃げ出したくなった。

「貴女にはこれで十分よ」

そう言ってソフィラに自分のパンを投げつけるのは、とても苦しかった。

たとえ食べられないようなひどい状態のものだとしても、ソフィラの前に並べられた食事を床に落とすのは胸が痛んだ。

自分はなんて酷いことをしているのだろうと、何度も何度も泣きたくなった。

私に食事を落とされた時のソフィラがどんな顔をしているのか、怖くて見ることが出来なかった。

だけど私には他に方法がなかった。妹にまともな食事を食べさせてあげられる方法が。

私には他に何もなかったの。


「お父様。どうかソフィラのことを気にかけてあげてください」

必死の思いでお父様に直談判したこともあった。

「あんなのを気にする必要はない」

だけどそれだけ言って、お父様はすぐに立ち去ってしまった。

その時のお父様の顔が、まるで道端の犬の話でもしているかのような目をしたお父様の顔が、
私は信じられなかった。

だって、ソフィラは家族なのに。それなのに、どうしてあんなに冷たい顔をして『あんな

の』なんて酷い表現をして。どうして？

もともと不在がちであまり接触のなかったお父様だったけれど、この時からはっきりと私は、『お父様に頼ることは出来ない』と思っていた。

だからひとりで戦うしかなかった。

何の力も、味方もいない私は、たったひとりで、自分に出来る精一杯の方法で、ソフィラの命を守るしかなかった。


「貴女って本当に愚図ね」

そう言って使用人達の目の前でソフィラを罵ることは、悲しかった。

私がソフィラを罵っている間だけは、使用人達がソフィラを傷つけることが出来ないから必死で少しでも長くソフィラを罵った。

守りたい相手に、本当は誰よりも甘やかしたい相手に、思ってもいない酷い言葉を投げつけることは泣きたいくらいに辛かった。

それでも私は必死でソフィラを罵った。

誰にも気づかれないように、少しでもソフィラを守るために。

そんな日々が苦しくて。あの六年間は私にはとても酷く長くて。

ソフィラの方が私なんかよりずっとずっと辛いって、心では分かっていたけど。

それでも私の心はすり減って。逃げ出したいって。全部投げ出して、何も見ないふりして暮らしたいって。そう思ってしまった時もあった。

だけど、ソフィラの瞳を見ていたら。マリー達がいなくなって段々と何も映さなくなってい く、その赤い瞳を見ていたら。私がソフィラを守らなきゃって、やっぱりそう思ったから。

だから私は、『ソフィラがスタンリー伯爵を出るその日まで』。そう思って、ソフィラに憎まれる私でいられたの。


「愛する人がいるのに、結婚なんてしたくない」

だから、唐突に呟かれたソフィラのその言葉は、とてつもない衝撃だった。

愛する人？　ソフィラに？　でも、ソフィラはこの屋敷から出たことなんて……。もしかして、一度だけ外出をしたスキル判定の日？　その日に出会ったとでも？　でも、もうあれから何年も経つのに。相手はソフィラのことを覚えてすらいないんじゃ……。

それに、ソフィラの幸せは、それは、リトル子爵家に嫁ぐことにあるはずだったのに。

このスタンリー伯爵家を出て、マリー達と再会して、何よりもあのルーカス様と結婚することにあるはずだったのに。非常識な行動をして、突拍子もないことを言っている私の言葉を、それでも真剣に聞いてくださったルーカス様だったら、絶対にソフィラを幸せにしてくださると、そう信じていたのに。

だけどソフィラが望むなら。

ソフィラがリトル子爵家に嫁いでも幸せになれないと、本人がそう思っているのなら。だったら、私はそれを叶えてあげたい。ソフィラが結婚なんてしたくないと、そう望むのなら。私は、私に出来る精一杯でそれを叶えてあげたい。

だってソフィラの願いを叶えられるのは、このスタンリー伯爵家に私しかいないのだから。

ソフィラの願いを叶えたいけれど、他に何も方法がなかった私はまたルーカス様を頼ってしまった。

一度しか会ったことはないのに。それなのに。なぜかルーカス様なら助けてくれるのでは、とそう思ってしまったの。

お母様は論外として、お父様やジャレットへ相談することさえ思い浮かびもしなかった。彼らに相談しても何も変わらないか、状況が悪化するだけだと分かっていたから。いえ、もう彼らに助けを求めることは、諦めていたから。

「ローズ様と婚約をします」

私が切望したこととは言え、あまりにあっさりと承諾したルーカス様に、私はとても驚いた。

「貴女が後悔しないなら」

驚く私にルーカス様はそう言ったけれど、後悔なんてするはずがない。

だって、これでソフィラの願いが叶うのだから。だって、これはソフィラの幸せのために必要なことなのだから。

……本当は、本当の本当は、心のどこかで、私は浅ましく喜びを感じていたのかもしれない。ルーカス様が私との婚約を拒否しなかった、そのことに。私は、心のどこかで喜びを。だけどそれは、そんなことは気づいてはいけない。

だって私は、幸せになってはいけないんだもの。

六年もの間ソフィラを傷つけてきた私には、誰かを愛する権利なんてないんだもの。

「貴女が子爵夫人だなんて分不相応よ。その地位は私が貰うわ。彼も、陰気な貴女なんかよりも私の方がよっぽど良いと言ってくれているの」

一晩必死で考えたセリフを、珍しくお父様も揃ったディナーの席で言った。

私の想定通りお母様はとても喜んで、すぐにソフィラの婚約を破棄すると言ってくれた。

だけどもし本当はこれがソフィラの望みではなかったとしたら？　あの呟きが本心でなかったとしたら。不安になった私は恐る恐るソフィラの顔を見た。

ソフィラはいつも通りの無表情だったけれど、それでもその赤い瞳が、ほんの少し輝いているように見えた。

良かった。あぁ。良かった。間違いじゃなかったんだわ。私の行動は間違いなんかじゃなかった。大丈夫。ソフィラは幸せになれる。だけど、次はどうしたら良い？　ソフィラの愛する人にどうやったらソフィラを嫁がせることが出来るのかしら？

ソフィラの愛する人が誰なのかも分からない今の状況に、私は絶望した。

「ローズ！　子爵夫人になるだなんて、本気で言っているのか？」

突然、普段はお母様のすることに何も言わないお父様が声を荒らげた。そのことに私は少し驚いたけど、でも、それだけだった。

「私は正気です。ソフィラより私の方がよっぽど子爵夫人に相応しいので」

そんな私の返事を聞いて、お父様はため息をついた。咎《とが》めるような視線を向けられたけど、理由が分からなかった。

お父様は、確かにジャレットやソフィラよりは私を気にかけてくれていたのかもしれない。だけど何もしてくれなかったじゃない。

私がどんなに困っていても、実際に助けを求めた時でさえも、お父様は何もしてくれなかった。

だから、ほんの少し心の片隅に気にかけてくれていたからなんて、そんな理由で絆《ほだ》されるはずがない。そんな理由で『お父様に失望されたくないので前言を撤回します』なんて言うはずがない。

私には、私にとって大切なのは、ソフィラを幸せにすることだけなのだから。

ルーカス様との婚約を解消してすぐに、ソフィラへの縁談が来た。

ブラウン公爵家？　何の接点もないのになぜ？　そう思ったけれど、必死で考えて私は答えに辿り着いた。レイン様だわ！　ソフィラと同い年のレイン様は、ソフィラと同じ日にスキル判定を受けているはず。だからきっと付き添いのブラウン公爵と、ソフィラはその日に出会っていたのだわ。きっと、ふたりは確かに出会ったのだわ。

それはまるで奇跡のような想像だったけれど、私はその想像がきっと正しいのだと確信していた。その奇跡が確かに起こったのだと信じた。

だって相変わらず無表情だけれど、それでも縁談の話を聞いた時のソフィラのその瞳は、私にはとても輝いて見えたから。

そんなことを考えもしないお母様は、ブラウン公爵の悪い噂だけを信じて喜んでいた。

「醜い傷痕の醜い男なんて、ソフィラにピッタリだわ」

そんなくだらないことを使用人達にも言いふらして嘲笑っていた。

私は自分の血が恥ずかしくなった。こんなに醜い心の、こんな人間と血が繋がっている自分が恥ずかしかった。

だけど血の繋がりがあるのはソフィラも同じだった。こんな人間の血が入っていたとしてもそれでもソフィラは、こんな環境でも必死で耐えていた。だから考えないことにした。ソフィラにどんな血が混ざっていても、それでも私は、ソフィラを愛しいと思うから。

だから自分に入る血を恥じることも止めたの。自分の血を恥じるということは、ソフィラの血も恥じるということだから。

親が誰だとか、そんなことに関係なくソフィラはソフィラだから。

本人にどうしようも出来ないことで相手を蔑むことは、私が一番嫌いな行動だから。

だから私も、私自身にはどうしようもない『お母様と血が繋がっている』ということで、自分を恥じたりなんてしない。

どうかソフィラが無事にスタンリー伯爵家から逃げられますように。あの日からもずっと私はそれだけを願って日々を過ごしていた。もう少し。あと少し。そう思って自分を奮い立たせた。


「その赤い瞳を見なくて済むだなんて。今日は最高の日だわ」

ソフィラが嫁ぐ日、お母様は上機嫌だった。その顔は、今まで見た中で一番に歪んでいた。

でも、そんなことさえ気にならないほどに、私も嬉しかった。

そう。私にとっても今日は最高の日だったの。

あぁ。良かった。本当に良かった。これでソフィラは救われる。これからソフィラは幸せになるの。絶対、絶対、誰よりも幸せになるの。

こんなに最低な家で、最悪の六年間を過ごしたソフィラには誰よりも幸せになる権利があるもの。だから、大丈夫。もう、大丈夫。これからソフィラは幸せになるの。本当に愛する人と。そして信頼出来る使用人達と。

あぁ。良かった。本当に良かった。今日という日を迎えられて本当に良かった。

それだけで私は報われた。私の六年間は、きっときっと報われた。

「ミラー」

ソフィラがスキルを使った時、私はなんだかとても暖かな温もりを感じたの。

だけどそれは私だけだったみたいで、お母様もお父様もジャレットも、使用人達の誰も何が起こったのかまるで分かっていないようだった。ただ突然光に包まれて呆然としていた。

そうだ。温もりなんてそんなはずない。

ソフィラは今まで自分のスキルを使ったことなんてなかったから、そのスキルがどんなものなのかきっとこの屋敷の誰も知らないけれど。でも、そのスキル名から予想は出来る。

それは、きっと鏡写しの因果応報のスキルなのだわ。

だから、きっと私がソフィラにしたことが私に返ってくるの。人前で罵って、食べ物を捨てて、婚約者を奪って。それらがきっと私に返ってくるのだわ。

だけどそれは当然のこと。そんなこと最初から覚悟は出来ていた。他に方法がなかったとしたって、私がしたことは許されることではない。

それでソフィラの心が少しでも救われるのなら。私はそれでいい。ソフィラに憎まれたままで良い。ソフィラに嫌われたままで良い。ソフィラは真実を知らなくて良い。

ソフィラはただ、ブラウン公爵家で幸せになれば良いの。

心の醜い姉が、自業自得で自滅したとそう思って少しでも心を晴らしてくれれば良い。だけどジャレットは何とか救えないかしら？　あの子は自尊心が強くて、そのくせ芯が弱い人間だけど。

でも、ジャレットがああなってしまった原因は、やっぱりお母様だと思うから。

おばあ様が私に与えてくれた愛情と、お母様がジャレットに与えていた愛情は明らかに違うと今なら分かる。

おばあ様の愛情は、温かい陽だまりのような、私を救ってくれた無償の愛情だった。

お母様の愛情は、きっと自分の願望を叶える役割を押し付けた一方的で自分勝手な愛情だ。

ジャレットは、ただただ甘やかされて、それを愛だと信じ込んで、姉妹よりも自分の方が優位だと私達を見下した。それを諫《いさ》めることが出来たのはきっとお父様だけだったはずなのに、お父様は何もしなかった。

きっとだからジャレットは、歪んでしまったのだわ。

だからもし叶うなら、ジャレットの分も私がミラーを引き受けるから。だからどうか弟にも、幸せな未来が訪れてほしい。

ソフィラで精一杯だった私は、ソフィラがスタンリー伯爵家を無事に逃げ出せたことで、やっともうひとりの家族であるジャレットの環境を思いやれることが出来た。

私にもっと度量があれば、ソフィラを守るのと同じようにジャレットの心も守ってあげることが出来たのかしら？

考えそうになったけど、でも、やっぱりあの六年間で何よりも私が守るべきは、ソフィラだったから。

ソフィラでさえ本当はきっと満足に守れていなかった私に、ジャレットの心も守れるはずがなかった。

だから、過去に出来たかもしれないことを考えることは止めた。

これからの未来で、私がジャレットのために出来ることは力を尽くそうと、そう思ったの。

「メリットなんていりませんよ。僕はローズ様が好きだから、君と結婚したいのです」

私は、幸せになんてなれないはずなのに、それなのに、ルーカス様は私と結婚したいと言ってくださった。こんな私と、結婚をしたいと。

私がどんなに自分を否定しても、彼は私を肯定してくれた。私のすべてを。私の過去を、私自身を、すべて。すべて肯定してくれた。

ソフィラがブラウン公爵に嫁いだ日、あの時にすべて報われたと確かにそう思ったのに。

ルーカス様に肯定される度に、その度に、胸が満たされていく気がしたの。

おばあ様に『愛しているわ』と言われたあの時と同じくらいに。


「ローズの作ったスープが一番美味しいよ」

ルーカス様との婚約してからの生活は、今までの人生が嘘のように幸せな日々だった。

絶対に結婚を反対されると思っていたのに、リトル子爵家の皆様は私を快く受け入れてくださった。

「ルーカスから聞いているわ。今までよく頑張ったわね」

ルーカス様のお母様はそう言って私を抱きしめてくれた。

……お母様から抱きしめられたことなんて一度もなかった私は、初めて感じるその温もりに思わず涙を流してしまった。……そうか、親子ってこんなに温かいものなのね。生まれて初めて私は、家族を知ったの。

そんな私を、ルーカス様のお父様とルーカス様は優しく見守ってくれた。そのことが私はとても嬉しかった。

「お誕生日に、ルーカス様の好きな物を作ってあげたいの」

子爵令息の婚約者としてはきっとありえない私のお願いを、リトル子爵家のシェフは快く引き受けてくれた。

まだ若いそのシェフは、『早くジョン先輩みたいな一人前の料理人になりたい』と口癖のように言っていた。彼の指導で初めて作ったスープは、きっとシェフが自分で作った方がずっと美味しかっただろうけど、それでもルーカス様はとても喜んでくれた。

「ありがとう。こんなに心のこもったプレゼントは、生まれて初めてだよ」

そう言って残さず全部飲んでくれた。

それから月に一度は私がスープを作って、ルーカス様は毎回それを『一番美味しい』と言って飲み干してくれる。

こんな幸せがあるだなんて、知らなかった。

過ぎていく毎日を愛しいと思える日が来るだなんて、想像もしていなかった。

自分が幸せになれるだなんて、信じてなかった。

だけどルーカス様が、自分でさえ信じていなかった私の幸せを予言して、そしてそれを実現してくれた。それは、ソフィラがたった一度出会ったブラウン公爵と心を通わせて嫁いでいったそれと同じくらいの奇跡だと、私にはそう思えたの。

「ローズがしてみたいことは何でもしてみた方がいいよ。今までの分も」

婚約中に何度もルーカス様はそう言ってくれた。

その言葉を聞いた時、私は戸惑った。自分がしたいことなんて今まで考えたこともなかったから。私がしたいことは、ただソフィラを守ることだけだったから。困惑する私の顔を見て、ルーカス様は優しく微笑んだ。

「今すぐに決めなくてもいいよ。落ち着いたらきっとやりたいことがたくさん出てくるよ」

それは予知だったのかしら？　たとえばスープが作りたいだとか、私にもやりたいと思えることが出来た。それが予知のスキルじゃなかったとしても、ルーカス様には私のことは何でも理解されている気がするの。

だから、スキルでもスキルでなかったとしても、私にとってルーカス様の言葉は、優しい道しるべになった。


私が見つけた一番にやりたいことは、癒しのスキルで誰かを救うことだった。

お母様は、ソフィラと同じように私にもスキルを使うことを禁止していた。

「ジャレットだってきっと希少なスキルに決まっているのだから、ジャレットのスキルが分かってから一緒に学べば良いわ」

ジャレットのスキル判定の前は、そう言われた。

本当はせっかくのスキルだから、せめてどんな力があるか試すくらいはしてみたかったけれど、三年だけだからと我慢した。余計なことを言ってお母様を刺激するよりは、三年だけ待てばジャレットと一緒に学ばせてくれると言っているのだから、そう思って言葉を飲み込んだ。だけど三年後にジャレットのスキル判定の結果が出ても、私はスキルを使うことを禁止されたままだった。

「ローズが得意げに希少なスキルを使っていたりなんかしたら、ジャレットが可哀想でしょう！」

そういう、今ならくだらないと笑ってしまうような理由だった。

だけどあの時の私には、それに反抗する力も、そんな気力もなかった。それよりも目の前の問題を考えることで精一杯だった。

どうやったらソフィラにご飯を食べさせてあげられるかしら？　どうやったら少しでもソフィラが傷つけられることを防げるかしら？　どうして良いか分からない現実に必死で、自分のスキルがソフィラのものほどではないとしても希少なものだなんてことすらも考える余裕がなかった。

リトル子爵家で子爵夫人としての知識やマナーを学びながら、子爵家の役に立てることは何かないか考えた。こんな私を快く受け入れてくれた新しい家族となる方々のために、私に出来ることは何かないか必死で考えた。

そして思い出したのが、自分のスキルだった。何より私には、他にもスキルを鍛錬しなければいけない理由があった。

いつかソフィラの大切な家族の傷痕を癒すことが出来るように。ソフィラから手紙が来たらすぐに会いに行けるように。

だから、私には自分のスキルを鍛錬する理由があった。スキルの使い方や、鍛錬についてはルーカスが教えてくれた。

今まで一度もスキルを使ったことがないということにはさすがに驚いていたけれど、沈む私の表情を見て深くは聞かないでくれた。ルーカスのこういうところが好きなのだと、その頃の私は素直に認められるようになっていた。

温かいリトル子爵家の皆さんと過ごすうちに、『こんな私が幸せになってはいけない』という思い込みはなくなっていった。

そしてただ感謝するようになった。

こんなに幸せな日々を過ごせることを、毎日毎日噛みしめるように感謝していた。

「ローズ夫人。本当にありがとうございます」

ルーカスと結婚してからは、私はリトル子爵領にある病院で癒しのスキルを使うようになった。初めて私のスキルで元気になった人に感謝の言葉を言ってもらえた時、私は涙を流してしまった。

だって私にこんな日が訪れるだなんて、想像もしていなかったから。

私は自分のしたことの因果応報ゆえに、ひとり寂しく何もなせないまま、ただ儚くなるのだと思っていた。

それなのに自分のスキルで誰かの傷を癒して、そして感謝されるだなんて、そんな日が訪れるだなんて。

そんなこと思ってもいなかったから。私にこんな奇跡みたいなことが起こるだなんて思っていなかったから。だから信じられない思いだった。

それから私は自分に出来る限りの全力で、傷ついた人達を癒していった。

だけど感謝されるその度に、心の奥に罪悪感が走った。

だって、私はとてつもなく無駄な時間を過ごしてしまったから。

スタンリー伯爵家でお母様のくだらない理由でスキルを使うことを禁止されたあの九年間。

あの九年があれば、私はもっともっとたくさんの人を救うことが出来たのに。ソフィラの傷だってきっと癒してあげられたのに。

同じようにスキルを使うことを禁止されていたソフィラは、ううん、私よりずっとずっと厳しい環境だったソフィラは、それでもスタンリー伯爵家を去るその日にはスキルを使いこなせていたのに。

それなのに私は、自分の環境を言い訳にしてスキルを学ぶ方法を考えることすらしなかった。

あの九年間があれば、もっともっとずっとたくさんの人を救うことが出来たはずなのに。

私には、その力があったのに。

自分が情けなくて、救えたはずの誰かを思うと苦しくて、私は胸に暗い思いを抱えていた。

ルーカスは私のそんな気持ちにすぐに気づいた。「ねぇ？　ローズ。何か抱えている思いがあるなら教えて？」

当たり前のように聞いてくれるルーカスに、私はなんだか泣きたくなった。

「……どうして？　どうして、ルーカスには私のことがそんなに分かるの？」

「それは、僕がローズを愛しているから」

「……愛？」


「愛しているから、いつでも君を見ているから、だから気づくんだ」


当たり前のように言ってくれることが嬉しかった。

だから私は、いつだってルーカスだけには素直に自分の気持ちを伝えることが出来るの。

「不甲斐《ふがい》ない自分が悔しかったの」

「ローズが不甲斐ない？　どうして？」

「だって私のスキルだったら、もっとたくさんの人を救うことが出来たのに。スキル判定でスキルを知った時からもっと努力をしていたら、あの九年間でもっともっとたくさんの人をきっと救うことが出来たのに」

私の言葉を聞いたルーカスは、ひどく悲しそうな顔をした。

そして、私を抱きしめた。

「そんな悲しいことを言わないで」

「……悲しい？」

「僕は、ローズの九年間を誇りに思っているよ」

ルーカスの言葉の意味が分からなかった。

私のあの九年間を誇りに思う？　まさかそんなはず……。だって私はただ必死で耐えて、正解かも分からない自分の精一杯をただ必死でしていただけなのに。それなのに、そこには誇れるようなことなんて何もないのに。

「力なき君が、自分より弱い妹を守るために必死で戦ったその時間すべてを、僕は誇らしいと思っている」

それは、その言葉は、もしかしたら今まで貰ったどんな言葉よりも、私の胸に響いたかもしれない。

「だからどうか変えられない過去を思って嘆くのは止めてほしい。それよりもこれからどれだけの人を救えるか、未来を思って笑ってほしい」

なぜかルーカスは泣きそうな顔をしていた。

どうして？と聞く前に、自分の頬に雫《しずく》を感じて、私は自分が泣いていることに気づいた。

ひとしきり泣いた後で、私の心の仄暗い思いは見事に消えていた。

大丈夫。もう大丈夫。私は前を向いた。

もっともっとスキルを鍛錬しよう。そうしたらもっともっとたくさんの人を救えるわ。あの九年間があったからこそこういう気持ちになれた、そう思って。あの九年分を超えるくらいにこれからもっとたくさんの人を救えるように。

もう後悔なんかしないと、そう決めたの。


待ち望んでいたその書簡は、ルーカスと結婚をした数週間後に届いた。

喜びと、だけど心のどこかで隠し切れない不安を感じながら、私はその書簡を開封した。

ローズお姉さまへ
まずは、御礼を伝えさせてください。

スタンリー伯爵家で、ずっと私を守ってくださってありがとうございました。

ローズお姉さまのお陰で、私は今とても幸せです。

ローズお姉さま。私を守ってくださったお姉さまは、今幸せでしょうか？

どうかローズお姉さまが、幸せでありますように。

そして御礼だけでなく、お願いもあってご連絡をさせていただきました。

私の愛する家族である夫と義妹の顔に刻まれた傷痕を、ローズお姉さまの癒しのスキルで癒していただけないでしょうか？

どうか私達家族と会っていただけないでしょうか？

愛する家族をローズお姉さまに紹介したいのです。

そしてローズお姉さまの愛する家族にも、どうか直接御礼を言わせてください。

ソフィラより

「ローズ。……大丈夫？」

手紙を握りしめたまま立ち尽くす私に、とめどなく溢れる涙を拭うこともなく天井を見上げる私に、ルーカスは優しく聞いた。

「だって、う、嬉しくて……。知っていたわ。知っていたの。ソフィラから手紙が来ることを、ルーカスの予知で私はとっくに知っていた。だけど……、だけど……。知っていたけど、全然違った。こんなにも嬉しいだなんて。知っていても、こんなに嬉しいだなんて。……ソフィラが、ソフィラが、今、幸せなことが本当に嬉しい」

ソフィラが、自分はとても幸せだと言い切れるほどに幸せなことが、たまらなく嬉しい。

「そこを一番嬉しいと言い切れる君だから僕は好きになったんだ」

「……えっ?」

「ソフィラ様が幸せなことを何よりも喜べる君を、僕は誇りに思うよ」

「私は、そうやって私の良い所をいつも見つけてくれる貴方と結婚した自分を、誇りに思うわ」

私の言葉にルーカスが顔を赤くした。

ソフィラに会ったら、自信を持って伝えよう。あのね、私も今とても幸せなのよ、と。


ソフィラとの数か月ぶりの再会は、ブラウン公爵家となった。

再会の段取りは、ルーカスがブラウン公爵と決めてくれた。

ブラウン公爵は、『本来ならこちらから出向くべきだがローズ夫人に会わせたい者達がいる』と言っていたとルーカスが教えてくれた。

それが彼らのことだと予想が付いて、ソフィラとの再会とあわせて彼らとの再会もたまらなく楽しみだった。

「どうぞこちらでお待ちくださいませ」

ルーカスと私を応接室に案内してくれたブラウン公爵家の執事は、見事な礼をして部屋から出ていった。

「緊張している？」

ふたりきりになった応接室で、ルーカスが私に聞いた。

「とても……」

思わず声が震えてしまった私に、ルーカスは優しく言った。

「心が和む花だね」

緊張しすぎて周りが見えていなかった私は、ルーカスに言われて初めて花瓶に飾られているバラの花を見た。

その明るい色のバラは、見るだけでなんだか心安らかになるような、不思議な魅力があった。

……あれ？　私は、いつかどこかでこの花を見たことがある気がするわ……。

「……あぁ……」

気づいた瞬間、嗚咽が漏れてしまった。

……あぁ……。この花は、おばあ様の部屋で見た花だわ。

質素な部屋で輝いていた、おばあ様を癒すために心を込めて育てたことが一目で分かった、あの、庭師のトムが育てた花だわ。

思わずまた泣いてしまいそうになったけれど、これからソフィラに会うんだからと必死で耐えた。きっとそんな私の気持ちがすべて分かっているであろうルーカスは、そっと私の手を握りしめてくれた。

「失礼致します」

必死で涙を堪える私に畳みかけるように聞こえてきたのは、懐かしい声だった。

「ルーカス様。ローズ様。お久しぶりでございます」

ティーセットとケーキスタンドの載ったカートを押して応接室に入ってきて丁寧にお辞儀をしたのは、メイドのマリーだった。

「マリー！」

「ローズお嬢様！　……あっ、申し訳ございません。ローズ夫人」

マリーに『ローズお嬢様』と呼ばれるのが、あまりに懐かしくて胸が締め付けられた。

「……マリーが元気そうで本当に良かったわ」

「ローズ夫人。ありがとうございます。私はずっと元気でした。リトル子爵家で働かせていただいている間も、ブラウン公爵家に来させていただいてからも。ローズ夫人のお陰で、私達は路頭に迷うこともなく、ずっと元気だったのです」

「トムとジョンもね？」

「はい。もちろんです」

「本当に良かった……」

「ルーカス様。ローズ夫人。お茶のご用意をしますので、どうか召し上がってください」

嬉しそうにマリーは言った。ブラウン公爵達が来る前に？と思ったけれど、ルーカスは迷うことなく頷いた。

手際よく並べられたケーキスタンドに載ったお菓子達を見て、私はすぐに気づいた。

このマフィンも、クッキーも昔食べたことがあるわ。

お母様とのことで悩んでいると、こっそりシェフのジョンが作ってくれた、あのお菓子達だわ。

スタンリー伯爵家での十九年間は、苦しいことの方がずっとずっと多かったけれど、それでも確かに愛しい思い出もあった。

押し寄せてくる想いに胸が一杯になった。

「ソフィラ様は、すぐにいらっしゃいます」

マリーは、昔と少しも変わらない柔らかな笑顔で言った。

「ありのままのローズでいいんだよ。もう辛い演技をする必要はないんだから」

ルーカスは、私の大好きな温かな笑顔で言った。

「……必死で耐えているのに、ソフィラに会う前に泣いてしまいそう……」

「すぐ泣くところもローズらしいんだから、ありのままで良いと思うよ?」

「……私、そんなに泣いてなんか……」

「少なくとも僕の前では」

「……確かにルーカスの前では、よく泣いているかも……」

そんな私とルーカスのやり取りさえも、マリーはその柔らかな笑顔で見守っていた。


「ローズお姉さま」

現れたソフィラは、スタンリー伯爵家にいた頃とは見違えるように美しくなっていた。

艶やかに輝く髪と、ほどよい肉付きの柔らかそうな身体、ソフィラのために作られたのであろうオレンジ色のドレスは、赤い瞳と合わせてとても明るい印象を与えていた。見ているだけで元気になれるような、そんな印象を。

スタンリー伯爵家にいた頃のソフィラには、感じることの出来なかったその印象に、私はそれだけでまた泣きたいくらいに嬉しくなった。

「ソフィラ……」

この気持ちを伝えたいのに。喜びすべてを何とかして伝えたいのに。

ソフィラの顔を見ているだけで胸に想いが溢れて、言葉が出てこなかった。

もしかしたらソフィラも同じ想いなのかもしれない。だってソフィラもただ私を見つめるだけで、何も言葉を発しなかったから。

「リトル子爵令息。ローズ夫人。今日は、来てくれてありがとう」

ブラウン公爵の言葉で、私は我に返った。

ソフィラに夢中で、ブラウン公爵と妹のレイン様かしら？　彼らが同席していることに気づいていなかった。

ブラウン公爵へのご挨拶よりも先に、ソフィラに話しかけてしまった。そんな子爵令息夫人としてあるまじき失態に、私は震えた。

「ブラウン公爵。本日はお招きくださいまして、ありがとうございます。リトル子爵家のルーカスと、妻のローズです」

私の失態など何もないように、ルーカスはブラウン公爵に頭を下げた。私も一緒にお辞儀をして顔を上げた。

「どうぞ座ってくれ。今日のためにソフィラが張り切ってアフタヌーンティーのメニューを考えていたんだ」

私の失態なんてどこにもなかった、というように和やかにブラウン公爵は言った。

私は、スタンリー伯爵家にいた頃には社交界に出入りすることなんてなかった。

リトル子爵家に嫁いだからこれからは参加していくことになるのだけれど、今はまだ参加したことがなかった。

だから、ブラウン公爵とその妹のレイン様にお会いするのは今日が初めてだった。

『氷の公爵』、そんな渾名《あだな》をお母様は嬉々として話していたけれど、ブラウン公爵がソフィラを見る瞳は、とても温かかったから、私はとても安心した。

それはレイン様も同じ。レイン様がソフィラを見つめる瞳もとても温かくて、本当にソフィラを慕っているのだということが感じられたから、私はとても安心した。


「ローズ様。大変申し訳ございませんでした」

ブラウン公爵とルーカスの会話が一段落したタイミングで、レイン様に話しかけられた。

すっかり油断してジョンのマドレーヌを頬張っていた私は、驚いてマドレーヌを少し喉に詰まらせてしまった。

「ローズ。落ち着いて？」

ルーカスは苦笑しながら私に紅茶を勧めてくれた。紅茶を飲んで落ち着いた私は、慌ててレイン様に謝罪した。

「お見苦しいところをお見せしてしまい、申し訳ございません」

「いいえ。私こそ突然話しかけて驚かせてしまって申し訳ありませんでした。どうしてもローズ様に謝らなくてはと、気がせいてしまって……」

「……私には、レイン様に謝罪していただくようなことなど何も……」

初対面の義妹からの謝罪に、私は困惑してしまった。

「レイン。ローズ夫人が困っているだろう。ちゃんと説明をした方がいい」

ブラウン公爵の言葉を聞いたレイン様は、顔を赤くした。

「私ったら。そうですよね。すみません。……私は、『ローズお姉さまは私の味方だった』というソフィラお姉様の言葉を、今日まで心のどこかで疑っていました」

レイン様の言葉の中で何よりも衝撃だったのは、『ローズお姉さまは私の味方だった』とソフィラがそう思ってくれていたことだった。

思わずソフィラを見た私の目に飛び込んできたのは、まっすぐに私を見つめるその輝く赤い瞳だった。

「『夢』の中で会うソフィラお姉様は……、スタンリー伯爵家にいた頃のソフィアお姉様は、見ているこちらが苦しくなるようなお姿だったので、それなのに味方なんて、と……」

あの頃のソフィラを思い出したのか、言いながらレイン様は苦しそうに顔を伏せた。

「……私が……ソフィラをもっとちゃんと守れていたら……」

思わず呟いた私の言葉を、ブラウン公爵家の三人が一斉に否定した。

「ローズお姉さま！　私はローズお姉さまに感謝しかしておりません！」

「ローズ夫人！　貴女は俺が守れなかった部分でソフィラを守ってくれた！」

「すみません！　決して責めるつもりなんかではなかったのです！　私はいつも言葉が足りなくて、本当に申し訳ございません！」

あまりのことに私は驚きすぎて、ただ必死な顔をしている三人を見つめてしまった。

「ローズ。まずは、レイン様のお話を聞かせていただいたらどうだい？」

ルーカスの言葉で、私もそしてきっとレイン様も我に返った。

「失礼しました。今度こそちゃんとお話しします」

そう言ってレイン様はゆっくりと話し出した。

「私は、ずっと心のどこかで『ローズお姉さまは私の味方だった』というソフィラお姉様の言葉を疑っていました。今日も本当は『どこか少しでも怪しい点があれば本性を暴いてやる』、『ソフィラお姉様は私が守らなきゃ』、と傲慢にもそう決意してこの場に臨んでおりました。でもそれはすべて私の杞憂《きゆう》で、ソフィラお姉様の言葉が正しかったのだと、すぐに分かりました。だから心の底で貴女を疑っていたことをどうしても謝りたかったのです。脈絡なく話し出して困惑させてしまい申し訳ございませんでした」

レイン様は、まっすぐに私を見つめて頭を下げた。

「レイン様。頭を上げてください。でもどうしてそんなに私のことを信じてくださるのですか？」

単純に疑問に思ったことを思わず聞いてしまった。

「だってローズ様が、ふたり目だったんです」

「……ふたり目？」

「私が、初対面の人に視線を向けられて自分の顔に傷痕があると思い出さなかったのは、ソフィラ様とローズ様のおふたりだけなんです」

確かにローズ様のお顔には、痛ましいとも言えるような傷痕があった。

だけど私はそれよりもレイン様がソフィラに向ける温かい眼差しが嬉しくて、ただただそちらに気が向いていた。

「ローズ夫人。俺からは感謝を伝えさせてほしい」

レイン様に続いて、今度はブラウン公爵が私をまっすぐに見つめた。

「……ブラウン公爵が、私に感謝……ですか……」

「スタンリー伯爵家の中で受ける暴力からは、俺ではソフィラを守ることが出来なかった。ローズ夫人がソフィラを守ってくれたことに心から感謝している」

私は、誰かから感謝されたくてあの家で戦っていたわけではない。

だけど今のブラウン公爵からの言葉を、あの時の私に伝えたいと思った。

ひとりで必死に戦って、苦しくて辛くて悲しくて、いっそ投げ出してしまいたいとさえ思っていたあの時の自分に。

ソフィラは、ソフィラのためだったら目下の私にさえも何の躊躇もなく頭を下げられる、そんな素敵な人と幸せになれたんだよ、と教えてあげたい。

「……ありがとうございます……」

泣かないように必死で、それだけ言うのが精一杯だった。


「私もレインと同じです。私も、ローズお姉さまのことを信じていなかったんです。ずっとスタンリー伯爵家に私の味方なんかいないと思っていました。だけどなぜか色のない世界で、いつもローズお姉さまの瞳だけはちゃんと色づいて見えたのです。そしてとても時間はかかりましたが、私は真実に気づきました。誰のお陰で少しだけでも食べることが出来ていたのか？　誰のお陰で使用人からの暴力に晒されない時間があったのか？　誰のお陰で心から愛する人に嫁ぐことが出来たのか？　ローズお姉さま。私があのスタンリー伯爵家でなんとか生き延びていられたのは、私が晴れ晴れとした気持ちであの屋敷を去ることが出来たのは、すべて、すべてローズお姉さまのお陰だったんです」


あぁ。あぁ。こんな日が。こんな日が来るなんて。私にこんな幸せな日が訪れるなんて。

私の十六年間は、すべて報われた。

もう涙を止めることは出来なかった。

「ソフィラ。愛しているわ。どんな貴女でも私は無条件でソフィラを愛しているの」

「……ローズお姉さま」

「もっと上手なやり方があったかもしれないのに、あの時の私にはあれが精一杯だった。でもソフィラを守りたかったの。ソフィラは私の大切な妹だから」

きっと本当はもっと伝えたい言葉がたくさんたくさんあるはずなのに、私が言えたのは『ソフィラを愛している』ただそれだけだった。

「……私にとってローズお姉さまは、大切な家族です」

溢れる私の涙につられたのか、ソフィラの赤い瞳からも涙が流れていた。

ソフィラの涙を見るのは初めてだった。ソフィラは、あの辛い日々の中で一度だって涙を見せなかったから。

「私が欲しいのは家族からの愛情だけなので、ローズお姉さまに『愛している』と言っていただけて、幸せです」

「……こんな私を家族だと？」

「ローズお姉さまは、私の家族です。スタンリー伯爵家で唯一の」

……そうね……。私にとってもスタンリー伯爵家で家族と呼べるのは、おばあ様とソフィラだけだったのかもしれない。

「だから私は、スタンリー伯爵家を去る時に『ミラー』を使いました」

「……えっ？」

「ずっとたったひとりで私を守ってくれたローズお姉さまを守るために。ミラーは鏡。今まで自分がしたことが自分に返ってくるのです。だから、私を守ってくれたローズお姉さまを守ってくれるように、と」

私は思わずルーカスを見た。目が合うとルーカスは、得意げな笑顔を浮かべた。

「ほら。僕の言った通りだったろう？」

こんな時なのに、そんなルーカスに私は思わず笑ってしまった。

「ありがとう。ソフィラ。私が今こんなに幸せなのは、貴女の『ミラー』のお陰なのね」

「いいえ。ローズお姉さま。それはきっと違います。『ミラー』に出来たのは、ローズお姉さまが無事にスタンリー伯爵家を出る日までローズお姉さまを守ることだけでした。今のローズお姉さまが幸せなのは、ローズお姉さま自身が築き上げてきたもののお陰だと思います」

私が築き上げてきたもの？　そんなものって……。

私はルーカスを見つめた。ルーカスは、優しく私を見つめ返してくれた。

ソフィラが幸せになれた、それだけで十分だと思っていた。だけどルーカスに愛されて、私はとても欲張りになった。

ソフィラがこれからもずっと幸せでありますように。そして叶うなら、私もずっとルーカスと生きていけますように。そう願ってしまうほどに。

辛い演技をする必要がなくありのままの自分で、ソフィラと過ごす時間はとても楽しかった。

ブラウン公爵もレイン様もルーカスも、私達の話を嬉しそうに聞いていた。

トムのバラは心を温かくしてくれて、ジョンのマフィンは甘くて美味しくて、マリーの紅茶は懐かしくて優しい味がした。

とても幸福で、かけがえのない時間だった。

「どうか私の力がレイン様の傷を癒しますように」

幸福な時間に終わりが訪れ、私はレイン様に癒しのスキルを使った。

どうかどうかレイン様の傷痕が消えますように。ソフィラの大切な家族を癒せますように。

必死で祈りを込めてスキルを使った。

「レインッ！　顔の傷が！」

最初に声を上げたのは、ソフィラだった。そのソフィラの声に、弾かれたようにレイン様は鏡を見た。

「嘘。まさか本当に、こんな夢みたいなことが……」

私は、ブラウン公爵の顔にも必死で祈りを込めてスキルを使った。

「レオも、顔の傷が……」

今度も最初に声を上げたのは、ソフィラだった。

それを人は奇跡と呼ぶのだろうか？

あるいはご都合主義のハッピーエンドすぎて現実味がないと、そう揶揄《やゆ》されるだろうか？

だけどね、驚きながらも喜びに溢れているそんなレイン様やソフィラの顔を見ていたら、そんな奇跡が起きたっていいじゃないかと思ったの。

誰かから見たら信じられないような、笑ってしまうくらいの出来すぎた奇跡だったとしたっていいじゃない。

そんなハッピーエンドがあったとしたって、いいじゃない。

その奇跡を、今までソフィラが、ブラウン伯爵が、レイン様が、皆が必死で生きてきた軌跡の結果だと、そう誇ってみたっていいじゃない。

必死で守ってきた妹と、妹の大切な家族の心からの笑顔を見ることが出来たことを心から嬉しいと思う。

こんな奇跡の中だったら、私が私自身の人生を少しくらいは誇ってみたっていいじゃない。


「ローズお姉さま。私の家族の傷を癒してくださって本当にありがとうございます」

「ローズ様。本当にありがとうございます。あの、私まだ信じられなくて……。どう御礼をすれば良いか……。まさか本当に傷痕が消えるだなんて……」

「ローズ夫人。今日はソフィラを守ってくれた感謝を伝えるのが目的だったんだが、まさか本当に傷痕を消してしまうとは……。貴女には感謝してもしきれない」

「あのっ、私にとって癒しのスキルを使うことは、当然のことなんです。誰かを救える力が私にあるのならそれを使うのは当然で、だから皆さまから感謝の言葉をいただけただけで十分なんです」

ソフィラ達のあまりの感激ぶりに、私は恐縮してしまった。

「妻はこういう人間なのです。感謝すると言ってくださるのなら、どうか妻にまた美しい花と美味しい紅茶やお菓子に囲まれて、ソフィラ様にお目にかかる機会をください」

そんな私をフォローするように、ルーカスが言ってくれた。

そうだわ。今日のような幸福な時間をまた過ごすことが出来るのなら、それは私にとってたまらなく幸せなご褒美だわ。いつだって私が気づくより先に私にとって一番の答えを見つけてくれる、ルーカスと結婚出来て良かったと私は改めて思った。

ソフィラと過ごす時間に想いを馳《は》せて、思わずにやけてしまった私を見て、ソフィラはとても嬉しそうに笑った。


「ローズ……姉さん」

ルーカスと結婚して数年が経ってから、ジャレットが初めて私を訪ねてきた。

ルーカスとはやり取りをしていたみたいだし、夜会等で会った時にはもちろん話はしたけれど、こうやってジャレットとふたりきりで向かい合って話すのは、スタンリー伯爵家を出てから初めてだった。

……それどころか、もしかしたらスタンリー伯爵家で一緒に暮らしていた時でさえジャレットとふたりきりで話したことなんて、実は一度もなかったかもしれない。

二十歳を超えて初めて弟とふたりきりで会話をすることに、ほんの少し沸き上がった私の中の不安を吹き飛ばしたのは『大丈夫だよ』と言って、同席しなかったルーカスの存在だった。

ルーカスが大丈夫だと確信しているのなら、それはもう大丈夫なのだ。

「昔みたいに『ローズ』と呼んでいいのよ?」

和ますために軽く言った私の言葉に、ジャレットは顔を硬くした。

「それは……。今なら分かるよ。自分の姉を見下して呼び捨てにしてた、あの頃の僕は傲慢だった」

「ジャレット……。大人になったのね……」

「母と一緒にいた頃の僕は、自分のことを完璧な人間だと思っていた。だからこそ自分だけが母から愛されているんだと……。だけど気づいたんだ。僕はただ男で、瞳が赤くなかったから。母にとって僕が特別だった理由は、ただそれだけだったんだ……」

ジャレットの顔は相変わらず硬くて、苦しそうだった。

「やっとそれに気づくことが出来たんだ。だから努力した。ソフィラやレイン様みたいに、僕も努力を」

突然出てきたレイン様の名前に困惑したけれど、ジャレットが話を続けていたので私はそのまま話を聞いた。

「国から派遣された官僚に教えを仰ぎながら『経営』のスキルを鍛錬した。……今まで努力してこなかった分時間はかかったけれど、少しずつスタンリー伯爵領も持ち直してきているんだ」

「ええ。聞いているわ。今日は、リトル子爵家が援助した分の資金をすべて返済に来たのよね？」

私の言葉に頷いたジャレットは、私を見つめた。弟に見つめられるのは初めてで、私はなんだか照れてしまった。

「ローズ姉さん。僕を見捨てないでくれて本当にありがとう。ルーカス様からの支援がなかったら、スタンリー伯爵家は爵位を返上していたと思う」

「……私は、何も……」

「援助の話をされた時から、ルーカス様に聞いていたんだ。『スタンリー伯爵家に支援するのはローズ様の頼み』だと」

「そんなのは当たり前のことよ。だってジャレットは、私の弟じゃない」

「……僕は、『大切な使用人達を辞めさせないで』というソフィラから求められた助けを断った。だから本当はきっと僕だって誰からも助けてもらえないはずだったと思うんだ。だけどローズ姉さんは、『ミラー』のスキルを超えてまでも僕を助けてくれた」

私はいつか自分が『叶うならジャレットの分も私がミラーを引き受ける』と思ったことを思い出した。

だから私はジャレットを助けることが出来たのかしら？

……いいえ、違うわ。

ジャレットが助けを断ったソフィラのその願いを、私はマリー達にルーカスのお屋敷で働いてもらうことで叶えたから。だから同じようにソフィラが助けを断ったジャレットの願いも、ルーカスから援助してもらうことで叶えることが出来たのだわ。

だからそれは、きっと『ミラー』の力なのだわ。

それを伝えようと思ったけれど、私の口が開くより先にジャレットが話し出した。

「傲慢で怠惰だった僕を、それでも弟だと言ってくれてありがとう」

そう言ってジャレットは、頭を下げた。それは、私がスタンリー伯爵家にいた頃のジャレットからは想像も出来ない姿だった。

それから私達は、ゆっくりと色んな話をした。今まで出来なかった話を。

それは、私が初めて過ごした『姉弟』の時間だった。

「スタンリー伯爵家に、前伯爵の偽物が現れた話は知っている？」

それまで和やかな顔をしていたジャレットが、ほんの少し顔を引き締めて切り出した。

「ええ。社交界で噂を聞いたわ。ジャレットも大変だったわね」

「……結果的に、僕と血縁関係がないと分かって偽物だと判明したけれど、スキルで判定してもらわなかったら、僕には彼が本物か偽物か分からなかったんだ」

「そんなにお父様と顔が似ていたの？」

「……多分……」

「……えっ？」

「僕は、前伯爵の顔をちゃんと見つめたことがなかったんだ。……『パパ』と呼ぶことも許されず、碌に視線も向けてもらえなかった。……だから僕は……。前伯爵が分からなかった……。ローズ姉さんを呼べば良かったと後から思ったんだ。ローズ姉さんならきっと前伯爵の顔が分かるだろうから……」

「……いいえ。私もきっと分からないわ」

「でもローズ姉さんは『お父様』と呼ぶことを許されて……」

「お父様は、本当の意味で私を見てなんかいなかった。だからきっと私にも、その人が本当の父親なのか分からなかったと思うわ」

私の言葉に、ジャレットはほんの少し救われた顔をした。

きっとスキルで判定をしてもらわなければ、実の父親ではないと断言出来なかったことに後ろめたさを感じていたのだろう。

「ありがとう」

そう言って、ほっとしたように息を吐いた。

だけどその後で、今度は絞り出すように言葉を紡いだ。

「……もしも前伯爵が、たった一度だけでも子どもの頃の僕の目を見てくれたことがあったのなら。子どもの頃の僕に、前伯爵と目を合わせて顔を見る機会があったのなら。僕は、きっと目の前に現れた人物が前伯爵かどうか断定出来たんじゃないかと思ったんだ。そうしたら、スキルで血縁関係なんて鑑定しなくても僕は……。僕は、彼を自分の父親だと、そう言えたのに……」

「……ジャレット……？」

「……ローズ姉さん。これは本当にもしもの話なんだけど、もし僕に子どもが出来なかったら、ローズ姉さんの子どもにスタンリー伯爵家を継いでほしいと思っているんだ」

「……突然何を言うの？」

「ごめん。忘れて。……ただ、その方が良い気がしただけなんだ」

ジャレットは明るく笑った。

何だか心に引っかかるものはあったけれど、きっと必要だったらジャレットが自分から話してくれるはず、そう信じて私はもう何も言わなかった。


「いつかもう一度、ソフィラに会えたらと願っているんだ。夜会とかそういう場では挨拶をしているけど、そうではなくて双子の兄としていつかまたソフィラと会えたらと……」

エントランスで別れの挨拶をしていた時に、ジャレットが言った。

「今日、ジャレットと話をして、ジャレットが変わったことを感じたわ。今のジャレットなら、きっとソフィラにまた会えるはずよ」

「……僕は、伯爵になってからずっとふたつの目標を持って努力してきたんだ」

「ふたつの目標？」

「ひとつは、リトル子爵家への返済をすべて終えてローズ姉さんに会いに行くこと。もうひとつは、朝日がキレイだと思えたらソフィラに会いに行くこと」

朝日がキレイ？　私には意味が分からなかったけれど、ジャレットの瞳に迷いはなかったから何も聞かなかった。

その代わりに本当は今日もっと早くに伝えたかったけれど、なんだか照れくさくて言えなかった言葉を伝えた。

「私は、ソフィラのことも、そしてジャレットのことも愛しているわ」

ジャレットは、驚いたように私を見つめて、それからほんの少し顔を赤くして笑った。

「ありがとう」

いつかジャレットとソフィラが笑って再会出来る、そんな未来が視えた気がした。

成長したジャレットの姿は、人間はどんな環境で育っても、たとえその環境のせいで心が歪んでしまったとしても。いつだって、いつからだって、やり直すことが出来ると、そう確信させてくれた。

END

あとがき

本作をお読みくださいましてありがとうございます。桜井ゆきなと申します。

この物語は、WEBで連載していたものを加筆修正した作品となります。

『いいえ。欲しいのは家族からの愛情だけなので、あなたのそれはいりません。』というタイトルがまず思い浮かび、そこからソフィラの十六年間に思いを馳せて生まれた物語です。

そのためWEB版では、ソフィラがスタンリー伯爵家から旅立つ十三章で物語が完結しております。

主人公であるソフィラの目線が第一章と第十三章にしかない構成となっておりますが、ソフィラを囲む様々な人物たちの視点を通してソフィラという一人の少女の人生を書いていくのは、とても楽しかったです。

それでも、書籍化のお話をいただいて加筆内容を考えた際にまっさきに思い浮かんだのは、ローズの物語を書きたいという想いでした。

最終話はすべて書き下ろしとなりますが、内容について私が悩む間もなくローズもソフィラも奇跡を起こすために自由に行動してくれました。

幸せに包まれる彼女たちを書くのは、やはりとても楽しかったです。

本作のキャラクターたちをとても素敵に描いてくださいました祀花よう子先生、本作を一冊の本に出来るように導いてくださいました担当の福島さま、編集部の皆さま、デザイナーさま、校正さま、印刷所の皆さま、この本の制作に携わってくださいましたすべての皆さまに心から御礼申し上げます。

そして、小説を書くことが好きという私の気持ちを尊重して温かく見守ってくれた家族と、愛する息子たちにも感謝を伝えさせてください。

この世界に溢れるたくさんの素敵な物語たちの中から、世界にたった一つのこの物語を見つけてくださいました読者の皆さまに心から感謝しております。

この物語を読んだ誰かの心をほんの少しでも揺さぶることが出来たのなら、そんな奇跡が起きたのなら、私が私自身で少しくらいは本作を誇ってみたっていいじゃない、とそう思っています。

どうか皆さまの心に奇跡が起きますように。

本当にありがとうございました。

桜《さくら》井《い》ゆきな

いいえ。欲しいのは家族からの愛情だけなので、
あなたのそれはいりません。

2025年5月5日　初版第1刷発行

著　者　桜井ゆきな

発行人　菊地修一

発行所　スターツ出版株式会社

〒104-0031　東京都中央区京橋1-3-1　八重洲口大栄ビル7F
TEL　03-6202-0386　(出版マーケティンググループ)
TEL　050-5538-5679(書店様向けご注文専用ダイヤル)
URL　https://starts-pub.jp/

印刷所　株式会社DNP出版プロダクツ

ISBN　978-4-8137-9451-6　C0093　Printed in Japan

[桜井ゆきな先生へのファンレター宛先]
〒104-0031　東京都中央区京橋1-3-1　八重洲口大栄ビル7F
スターツ出版(株)　書籍編集部気付　桜井ゆきな先生

BF ベリーズファンタジー 大人気シリーズ好評発売中！

ループ11回目の聖女ですが、隣国でポーション作って幸せになります！

1〜2巻

雨宮れん・著

くろでこ・イラスト

聖女として最高峰の力をもつシアには大きな秘密があった。それは、18歳の誕生日に命を落とし、何度も人生を巻き戻っているということ。迎えた11回目の人生も、妹から「偽聖女」と罵られ隣国の呪われた王に嫁げと追放されてしまうが……「やった、やったわ！」──ループを回避し、隣国での自由な暮らしを手に入れたシアは至って前向き。温かい人々に囲まれ、開いたポーション屋は大盛況！さらには王子・エドの呪いも簡単に晴らし、悠々自適な人生を謳歌しているだけなのに、無自覚に最強聖女の力を発揮していき…!?